徳間文庫

夫が邪魔

新津きよみ

徳間書店

目次

夫が邪魔

1

拝啓　初めてお便りさせていただきます。私は、片山京子《かたやまきょうこ》と申しまして、二十七歳の一人暮らしの会社員です。朝倉《あさくら》先生の作品はいつも大変面白く拝読しております。封筒に名前も住所も書かずに「一ファンより」と書いた非礼をお許しください。作家の方にファンレターを書くのは初めてなのです。どうしても読んでいただきたかったので、子供っぽいと笑われるかもしれませんが、わざと先生の注意を惹《ひ》くような書き方をしてしまいました。でも、かえってそれが先生に警戒心を呼び起こさせて、即ごみ箱行きにでもなったら……。そのときは、自分の浅はかさと不運を呪《のろ》います。

出版社宛《あ》てに封書を出そうとしましたが、ひょっとしたら検閲されてしまうのではないかと不安になりました。書いてある内容から、編集者が読めば、「このファンはちょっと頭がおかしいから」と先生のお手元に回してもらえないおそれもあると考えたのです。そこで警戒されるかとは思いましたが、朝倉先生のお住まいに直接郵送することにしました。

住所はどうやって知ったのか、これもまた警戒なさるかもしれませんが、先生を町でお見かけし、尾行して突き止めたわけではありませんので、ご心配なさらないでください。古本屋でたまたま目にした古い雑誌が、ちょうど朝倉先生が『日本推理小説大賞新人賞』を受賞されたときの号だったのです。そこに「受賞者の現住所」として、先生の世田谷区奥沢《せたがやおくさわ》の住所が載っていました。引っ越されているかとも思いましたが、先月『ジョイマダム』のグラビアを拝見して、〈ああ、やっぱり世田谷のお住まいにいらっしゃるのだ〉と確信しました。あのお庭の様子や、近所を散歩している先生のお姿から、奥沢の閑静な住宅街にある白い外壁の邸宅だとわかったのです。

前置きが長くなりましたが、そういういきさつで、ファンレターを書かせていただきました。無事、先生のお手元に届いているといいのですが。

私は、「朝倉夕子《ゆうこ》」の本の熱烈な読者ではありますが、同時に、先生のお住まいの熱烈なファンでもあります。『ジョイマダム』を見て、すっかり先生のお宅のとりこになってしまいました。誤解を恐れずに申し上げれば、あそこに掲載されたお写真を拝見して、運命的なものを感じてしまったのです。

先生が、広々としたリビングルームでお撮りになった一枚。壁に飾られていた二十号はあろうかと思われる金縁の額に入った薔薇《ばら》の油絵。あれは、室生賢三《むろうけんぞう》の作品ですよね。室生賢三は、その力強さと繊細《せんさい》さが同居した画風が魅力の、将来を嘱望されていた画家でしたのに、その処世術のなさから無名のまま三十代半ばで、行き倒れのような形で亡《な》くなってしまったと聞いています。私のやはり肝臓ガンで死んだ父が、室生賢三の絵が大好きで、一枚買い求めて玄関に飾っていました。でも、父の死後、実家を継いだ兄が絵のよさをまったく理解できない人間で、私が知らぬ間にほかの骨董《こっとう》品《ひん》と一緒にどこかにただ同然で売り払ってしまいました。

いまでは、室生賢三の絵を入手するのは大変難しいことです。ですから、あの絵を目にしたときは、懐《なつ》かしさに思わず涙しました。

先生は、「仕事をする空間をあまりごてごてと飾りたてるのは嫌い」とお答えになっていらっしゃいますね。作りつけの机のある書斎は、シンプルなインテリアですっきりときれいにまとめられていました。あそこで数々の作品が生み出されているんですね。そう思ったら、何だかとても感激しました。

それにしても、精力的に執筆活動を続けられている先生です。お忙しい執筆の合間に、あれだけの広いお宅とお庭をお手入れなさるのは、大変ではないのですか？　先生には会社員のご主人がいらして、ご夫婦にはお子さんがいらっしゃらないことは、エッセイなどを読んで存じあげています。それでも超多忙の先生のことです。家事やご主人のお世話などに時間を取られて、もしかしたらほとんど寝る暇もないのでは、と心配になります。主婦の大変さは、私も身に染みてわかっているからです。家の中のことを完璧《かんぺき》にしようと思ったら、ほかの仕事をしている暇などありません。

私は一度、結婚に失敗しているのです。ご理解いただきにくい話かもしれませんが、別れた主人は、私の家に対する執着心を異常だと感じたようで、煩わしかったようです。私は家の中にいて、あちこち片づけ、整え、きれいにするのが大好きなのです。そうやって家を管理し、維持していくのに至上の喜びを感じる、そういう性格のようです。狭いマンションに住んでいましたが、いつかは庭付きの一戸建てを持ちたい、と夫婦で同じ夢に向かって生きているつもりでいました。私は家計を切り詰めるために、安い材料で豪華に見えるような料理を工夫して作りました。主婦向け雑誌のアイディア料理大賞をもらったこともあります。料理や掃除、洗濯やアイロンがけ、縫い物や編み物、家庭菜園や庭作りなどがまったく苦にならず、〈家庭的〉と呼ばれることが肌に合うのです。

別れた主人には、それが私が彼を家庭に縛りつけるためのように感じられたのか、だんだん息苦しくなっていったようです。彼は外に好きな女性を作って、出て行ってしまいました。子供がいなかったことが幸いでした。私は狭いアパートに移り、知人に紹介された事務用品を卸す会社で事務をしています。ですが、事務の仕事は私の性分には合いません。私に合うのは、やはり家の中を片づけ、整理整頓《せいとん》し、磨きたてること。栄養を考慮したおいしい料理を作り、それを素敵なお皿に盛りつけ、食卓を飾ること。庭の草取りをしたり、花を植えたり、繕《つくろ》いものをしたり、カーテンを洗ったり、余った布でパッチワークのベッドカバーを作ったり、古いセーターをほどいてベストに編み直したりと、こまごまとした家事や家の中の雑事、快適に暮らすための住まい作りが私の天職なのです。

先生のお宅を拝見したときに、何て図々しい女かと思われるかもしれませんが、「私の探し求めていた居場所はここだ」と思いました。しばらく胸の高鳴りが抑えられませんでした。できれば、このお宅でお忙しい先生の代わりに家事をしたい、お家の中の雑用をしてさしあげたい。先生のお手伝いをしてさしあげたい。大袈裟《おおげさ》かと思われるかもしれませんが、それが私に与えられた使命ではないか。そう感じました。

私はたぶん、もう一生結婚はしないと思います。結婚生活を三年続けてみて、結婚生活が自分に向いていないことがわかりました。家庭的な女のくせにおかしい、と思われるかもしれませんが、私の好きなことをするためには家庭の中に〈夫〉は不要だったのでは、と気づいたのです。私は夫を愛しているつもりでいましたが、いま思うと本当には愛していなかったのです。夫でなくてもいい。自分の作った料理をおいしいと食べてくれる人が、家の中にいればいい。私が洗濯をするための、アイロンをあてるための洋服を着る人がいればいい。自分の編んだベストを着る人がいればいい。それは、夫である必要はまったくありません。かえって夫でないほうが、いろいろ煩わしくなくていい、と思うようになりました。書きにくいのですが……たとえば、夫がいたら性生活のことも考えなくてはいけませんよね。私はそっちのほうは、どうも淡泊だったようです。ようです、というのは、夫がそのことでよく不満を漏らしていたからです。私は夫に抱かれているときも、編み目をどの位置から減らそうかしら、などと考えてしまう女だったのです。

先生を驚かせてしまうような無躾《ぶしつけ》なお願いなのですが、思いきって書いてしまいます。

どうか私を先生のお宅で雇っていただけないでしょうか。つまり、住込の家政婦としてです。図々し過ぎるお願いでしょうか。必要最低限の生活費以外に、お給料はいりません。ただ先生のお宅に住まわせていただくだけで十分です。先生の代わりに私が主婦業をし、先生には作家としての本来のお仕事に専念していただく。それが私の理想の姿なのです。さきほど、書きにくいと言いながら、セックスのことまで書いてしまったのは、恥ずかしいのですが、自分自身をアピールする意味もありました。私は根っからの家政婦体質、専業主婦体質なのです。

私のこの決断を、反対するような親兄弟は一人もいません。私と仲のあまりよくなかった兄も職場の事故で亡くなり、実家は人手に渡っています。

私がこの手紙を出版社経由で出さなかった理由、封筒に住所氏名を書かなかった理由を、おわかりいただけたのではないかと思います。編集者に読まれたら、〈危ない女〉だと敬遠されてしまうでしょうし、こういった内容からご主人に私の名前を覚えられては、のちのち先生がお困りになるような状態になるのではと思いました。なぜなら、先生のご主人は、自分の家に他人を入らせたくない性格の方のようですから。

すみません。先生のお宅の内情を調べたわけではありません。私が会社帰りに立ち寄った喫茶店で、編集者とおぼしき中年男性が作家とおぼしき初老の男性と話しているのを、偶然、耳に挟んだのです。

「朝倉夕子のところも大変だよな。女房が売れっ子になって、亭主は働く気をなくしているらしい。そのくせ亭主関白で、あれこれ文句をつけるようだ。朝倉夕子としては、お手伝いを雇いたがっているようなんだが、亭主にしてみれば、家事を他人に任せなくてはいけなくなるほどの仕事量を抱えるおまえが悪い、ってことになる。朝倉夕子もなかなか亭主を切り捨てられないようだ。何か弱みでもあるのかもな。もっとも、切り捨てたくても、相手が頑として離婚に応じないなら仕方ないが……」

そんなような内容でした。お気を悪くなさったらすみません。もちろん、その会話を頭から信じたわけではありません。人間は噂《うわさ》好きな動物ですし、あることないこと言いふらしたり、誇張してものを伝えたりするものです。でも、もしかして先生がほんの少しでも家事を負担に感じ、その一部を誰か他人の手に任せたい、と考えているのでしたら、何とか私がお力になれないものでしょうか。

私の住所と電話番号は別紙に書いておきました。ほんの少しでもその気がおありになるのでしたら、いつでも遠慮なくご連絡ください。

敬具

*

わたしが「片山京子」からきた手紙を読み返すのは、これで五度目だった。その五度目を読み終えたとき、「おい、帰ったぞ」と、玄関で夫の声が上がった。わたしは急いで手紙を机の引き出しにしまい、ため息をついて出迎えに行った。

「これはこれは、朝倉先生じきじきのお出迎えですか。お忙しいのに申し訳ありませんね」

夫は式台に座り込み、靴を脱ぎながら嫌みを言った。家には、わたしのほかには誰もいないとわかっているくせにだ。

「ご飯、用意してあるけど」

珍しく帰りが遅い。

「会社、辞めたからな」

夫は、顔を振り向けざまに言った。酒臭い息がわたしにかかった。

声を失っているわたしに、夫はまるで敵にでも向けるように憎しみをこめた口調で言い募った。「何だその顔は。勝手に会社を辞めて、勝手に作家になったおまえと同じだよ。結婚のときの約束を破ったおまえとな。おまえがやってよくて、俺がやっちゃいけないって法律はないだろ？　会社を辞めるなら、四十二歳のいましかない。この家にはずいぶん貢献してるんだ。おまえの、いや、二人の貯金からも資金を出させてもらう。退職金と合わせたら、俺の好きなことをやるには、まあ足りるだろう。足りなかったら、この家を担保にして銀行に金を借りてもいい。そうだ。骨董品でも絵でも、何でもそのへんのものを売り払ってしまえばいい。おまえの大事にしているあの室生賢三とかいう画家の絵。あの薔薇は陰気すぎる。あれが邪魔だな。あれを売っちまおうか。資金ができたら、南麻布あたりにイタリアンレストランを出すのはどうだ？　吉祥寺にフランス料理の店ってのもいいな。それから……」

わたしは、あとは聞かないふりをした。聞かなくてもわかっていた。夫には、具体的な計画など一つもないのだ。気まぐれな子供みたいに、そのときどきでやりたいことが変わる。そして、二言めには、「結婚のときの約束」を持ち出す。

――君が相続したこの家だけど、維持していくのは大変だよ。いずれ、子供ができたらここを売ってもう少しこぢんまりとした家に移り住もう。僕の理想は、二人とも仕事を持ち、育児も家事も夫婦で分担することなんだ。すべて対等にやる。それが夫婦の理想の形だと思う。幸い、君の会社も僕の会社も居心地がいい。将来は、大金持ちでなくてもいい、子供たちに囲まれた、つつましやかな平和な家庭を作って行かないか。

約束した憶《おぼ》えはなかったが、彼のプロポーズの言葉をうっとりと聞きながら、わたしはうなずいた。うなずいたことが、〈約束した〉ことになったらしい。

わたしは寂しかったのだ。孤独だった。この世に、気の遠くなるほどの財産と共に一人残されて、呆然《ぼうぜん》としていた。そんなとき出会ったのが、夫だった。彼は親切だった。相続税に頭を痛めていたわたしの相談にのってくれた。敷地の一部を売ることを勧《すす》めた。わたしより五歳年上の彼は、一流企業に勤めていた。貯金も同年代の男性より多かった。わたしは彼の頼もしさにすがった。孤独を慰めてほしかった。わたしは、数字に強い堅実な性格の彼と結婚することで、家計をやりくりすることの煩雑さから解放されたかった。

――わたしが相続したこの土地家屋が目当てで結婚したのでは……。

彼のことを疑ったこともあったが、結婚してみてそれが杞憂《きゆう》だとわかった。彼の言葉にうそはなかった。一人暮らしが長かったせいか、家事を苦痛と感じることのない男だった。

わたしたちはうまくいっていた。少なくとも、わたしが小説を書いて新人賞を受賞するまでは。

わたしが小説を書こうと思いたったのは、流産がきっかけだった。結婚七年目にしてようやく子供ができたことを、わたしたち夫婦は手を取り合って喜んだ。つわりも軽かった。会社には、産前休暇まできっちり勤めるつもりだった。「産休が明けたら、保育園に預けよう」と夫のほうから提案した。わたしは、会社を辞めて育児に専念してもいいと思っていたが、彼はあくまでも夫婦対等の立場で育児をすることにこだわったのだ。そんな夫を進歩的な男だと尊敬した。

ところが、安定期のはずの時期に、不幸にも流産してしまった。原因は、わたしの子宮の発育不全にあった。ショックだった。子供を失った悲しさ、女性としての機能が不完全であることとの屈辱感、悔しさ、虚《むな》しさを払拭《ふっしょく》するために、何かに取り憑《つ》かれたように小説を書き出した。両性具有者である主人公の悩みに焦点を当てたSF的な設定の推理小説で、幸運にも大きな新人賞を射止めた。編集者の勧めに従って、執筆に専念するために会社を辞めた。

流産してみて、夫が思っていた以上に子供好きだったことを知った。「もう俺たちには子供はできないんだな」と、寂しそうに漏らした。わたしが「子供を失った悲しみから立ち直るために書いたのよ」と言うと、夫は無言でうなずいた。わたしは、夫が妻の気持ちを理解してくれたのだと思った。小説を書くという行為を、小説家の業というようなものを、理解してくれたと思った。だが……そうではなかった。

受賞した直後はまだよかった。夫はいちおう喜んでくれた。「才能ある女性を妻にできて誇りに思う」と言った。だが、受賞作品が単行本になり、ベストセラーになり、次々と仕事が舞い込むようになり、わたしがマスコミに露出する機会が増えると、夫は目に見えて変わっていった。ある日、わたしは自分の当番の日にゴミ捨てを忘れた。締め切り直前で徹夜したのだ。翌朝ついうとうとし、気がついたらゴミを出す時間を過ぎていた。夫は、「俺は会社勤めで、君は家にいる。家にいる時間が圧倒的に長い君と会社勤めの俺とが、家事分担が同じだなんて不公平だと思わないか?」と、帰るなり突きつけてきた。それから、食事作りはわたしの専門になった。掃除、洗濯、買い物と、〈家にいる時間の長い〉わたしの専門になるまでに、それほど時間はかからなかった。

夫は、「家事の合間に書けばいいんだし、仕事の合間に家事をすればいいんだから」と言った。家事の合間に書けるほど、作家という仕事は楽ではなかったし、仕事の合間にできるほど、家事は楽な仕事ではなかった。百六十坪の敷地に七部屋ある屋敷である。家事の手を抜かざるをえなくなった。夫は帰るたびに、「部屋が汚れている」

「食事のしたくが遅い」「庭の草が伸びている」「自転車の修理を頼んでおいたのに、まだ出してないのか」などと文句を言った。我慢したが限界がある。「仕事が忙しいのよ」と言い訳すると、「作家になったのはおまえが選んだことだろ？　家の中のことをきちんとできないのなら辞めろよ」と額に青筋を立てた。そのころから呼び方が「君」から「おまえ」に変わった。

「おまえが勝手に流産したんだ。勝手に会社を辞めたんだ。勝手に作家になったんだ。おまえのせいで俺は、永遠に父親という立場に立てない人間になった。おまえがそういう身体《からだ》であることを隠して結婚したんだ。俺はだまされたようなもんだ。結婚当時の約束をことごとく破ったおまえが、すべて悪いんじゃないか」

わたしは、返す言葉を失った。胎児を十か月間育てられない身体であることは、確かにわたしの弱みとなっていた。子供好きな夫にすまないと思っていた。わたしは、昔のことを蒸し返されたくなかった。失った子供のことを思い出したくなかった。寝る時間を削って、仕事し、家事をした。いや、家事をし、あまった時間に仕事をしたと言うべきだろう。徹夜した目の下に隈《くま》を作った顔で、亭主の朝食を作り、ワイシャツと靴下を揃《そろ》えて、会社へ送り出す。急いで洗濯機を回し、掃除機をかける。夕方には自転車をこいで、近くのスーパーに行き、目についたものを籠《かご》に放り込むような形で慌《あわ》ただしい買い物を済ませる。帰りに、クリーニング屋に寄ったり、酒屋へ顔を出してビールの注文をしたりする。どこでも無駄話はできない。頭の中は、いつも書きかけの原稿のことでいっぱいだ。あまりに気が急《せ》いて、自転車のペダルから足を滑らせ空回りさせてしまうことも、早くしゃべろうとして舌がもつれることもある。夫が帰宅する時間に合わせて、夕飯を作る。夫は、残業もせず、同僚と飲むこともせず、判で押したように決まった時間に帰って来る。そして、スーパーで買った惣菜《そうざい》でも食卓に出そうものなら、文句をつける。

「家にいる時間の長いおまえが、なんでそんなに手抜きをする。料理くらいまともに作れるだろう。家にいるんだから」

使わない部屋だからと掃除機を三日もかけないと、わざと用事のあるふりをして部屋に入り、「あそこはまるで埃《ほこり》が住んでいるようだな」と皮肉を言う。「家にいるんだから、客間に掃除機をかける暇くらいあるだろう。その五分も捻出《ねんしゅつ》できないほどおまえは忙しいのか？　そうか、売れっ子作家だからな」

わたしは、一度でいいから、頭から献立やら掃除機やらを追い出して、思いっきり仕事をしてみたい、と思う。原稿書きだけに集中してみたい、と思う。

昨日、わたしはついに離婚を切り出した。

「そんなに子供が欲しければ、わたしと別れて別の女性と再婚すれば？　あなたはまだ若いじゃないの」

夫は、「いや、子供はもう諦《あきら》めたよ」と、あっさりとかぶりを振った。「忘れたのか？　結婚するときに神に誓ったじゃないか。一生、この女と添い遂げるってね。ほかの女と一からやり直すほど俺は若くはないんだし、そんな気力もない。おまえと二人でこの家の中で築き上げてきたものは、きれいに二つに分けられるというものでもないからな。それに、二人の子供は諦めたが、どうしてもほしければ養子をもらうって手もある。赤ん坊から育てると可愛《かわい》いらしいぞ」

——冗談じゃないわ。

と、わたしは思った。家事に加えて、これ以上、育児などという面倒な作業を増やしたくはなかった。以前の夫なら、育児も分担しよう、と言ったであろうが、いまの彼では育児もすべてわたしに押しつけてくるのは明らかだった。

わたしにはわかっている。夫は、わたしから原稿を書く時間を削り取ることに、身体が震えるほどの快感を味わっているのだ。

そして、今日。帰るなり「会社、辞めたからな」である。夫は、わたしの小説が売れ出してから、こらえ性がなくなった。居心地のよかったはずの会社で、つまらないもめ事をよく起こすようになった。おそらく、上司と衝突でもして、捨てゼリフを残して辞表を叩《たた》きつけてしまったのだろう。

わたしは、夫の結婚当時の「子供たちに囲まれた、つつましやかな平和な家庭」を作る夢が、別のものに形を変えたのに気づいた。夫は、昔はそうではなかったが、いまやわたしが相続したこの土地屋敷にすっかり執着してしまっているのだ。執着しているのは、「おまえと二人でこの家の中で築き上げてきたものは――」という発言からもうかがえる。夫は、この家の財産の半分は自分のものだと思っている。半分自分がもらうのが当然だと思っている。

――何を言っているのよ。この家と土地は、もともとわたしのものだったのよ。

そして、夫は、遠からず妻が倒れることを期待している。

間違いなく、いまのままではわたしは身体を壊す。頭痛はしょっちゅうだし、腰痛もひどい。睡眠不足で毎日ふらふらしている。このままいくと過労死するかもしれない。そうなったら、夫の思うつぼだ。夫は、妻のわたしの死によって得られる財産を、あてにしているに違いない。言葉でいじめ、身体を酷使することで、妻がどんどん消耗していくのを見るのが、いまの彼の生きる支えなのだろう。

仕事を減らしたくはない。作家であることを辞めたくはない。それは、わたしの子供を失ったあとの唯一の生きる支えであるからだ。

2

拝啓　朝倉先生からお返事をいただいて、私は舞い上がってしまいました。感激と安堵《あんど》のあまり、腰から下の力が抜けて座り込んでしまいました。大げさだとお笑いになりますか？　でも、本当なんです。

実は手紙を出したあと、後悔の念に苛《さいな》まれていたんです。いくら先生の素敵なお住まいに魅せられてしまったからと言って、いきなり先生のお宅に住み込ませてほしい、お手伝いさせていただきたい、はあまりにも失礼なお願いだと気づき、お読みになった先生はお怒りのあまり私の手紙を破いてしまったのではないか、とびくびくしていました。

驚きました。ご主人に関する噂は本当だったんですね。先生がお手紙にはっきりと「いまの私には夫は邪魔な存在でしかありません」とお書きになったのを見て、私は驚くと同時に、何だかとても共感を覚えました。先生がとても身近に感じられたんです。

それまでの先生は、仕事を口実に家事を疎《おろそ》かにしたりは絶対にしない、主婦の鑑《かがみ》であり、妻の鑑のような女性でした。まぶしくなるほど魅力的で超人的な女性でした。

私は先生が羨《うらや》ましく、尊敬していました。少なくとも、テレビや雑誌で拝見する先生は、仕事も家庭も充実なさっているようできらきらと輝いていらっしゃいました。「幸せそうに見せていたのは、周囲にそう求められているのがわかっていたからだ」なんて少しも気づきませんでした。

でも、やっぱり先生も一人の普通の女性だったんですね。家庭の中でそういう深刻なお悩みを抱えていらしたとは、先生のお姿からは想像もつきませんでした。ご主人に関する噂を耳にしたときは、〈もしかしたら先生は無理をなさっているのでは〉とちらりと思いましたが、噂にやっかみはつきものです。女性としての幸せと、職業人としての幸せの両方を手にしている先生への嫉妬《しっと》から、彼らが無責任にも口にしたものだと思ったのです。

いま、私はとても幸せです。先生がしばらく私と文通をしたい、とお書きくださったので、天にも昇るような幸福感に包まれています。先生と同じ屋根の下に住み、家の中のお手伝いをさせていただくかもしれない人間として、先生にじっくり観察していただく機会を持っていただくのは当然です。そのチャンスを与えてくださったことに心から感謝します。

今回、先生のご指示通りに封筒に偽名を使いました。差出人の名前がない封書を主人が目にしたら、不審に思うかもしれないから、という先生のご心配はもっともです。

履歴書も同封しました。先生がお作りになった履歴書の項目をすべて埋めたつもりですが、不備はないでしょうか？　人ひとり雇うとなると、慎重になるのは当然です。「身上調査をするようで心苦しいわ」などと先生がお感じになる必要はまったくありません。先生がお知りになりたいことは、どんな細かなことでも包み隠さずお話しするつもりですので。

先生からのお返事を首を長くして待っております。

敬具

＊

拝啓　朝倉先生、まず最初に私は先生にお詫《わ》びを申し上げなければなりません。実は私は一つ嘘《うそ》をついていました。先生からいただいた二通の手紙を、昨日まで処分せずに手元に置いておりましたことを、ここに告白します。

「読んだら焼却すること。これは必ず守ってくださいね。あなたが私の家で働きたいとおっしゃるのなら、絶対に譲れない条件がいくつかあります。ここでは、そのうちの二つを挙げます。一つ、口が固いこと。一つ、約束は必ず守ること。自信がないようでしたら、朝倉夕子宅に入る資格はないものと諦めてください」

二通目の手紙に、先生はそう書かれていました。とても厳しいお言葉でした。他人を自分の家に住まわせるのだから、それほど慎重になるのは当然のことと私はうなずきました。うなずきながら、読後に燃やすことはできなかったのです。なぜなら、憧《あこが》れの朝倉夕子先生直筆のお手紙を燃やしてしまうことが、あまりにもったいなくてできなかったのです。焼却しなくても先生にわかりはしない。焼却したと書けばいい。そう思っていました。でも……やはり、正直に打ち明けたほうがいいと考えました。先生からいただいたお手紙を燃やしたのは、ですから、そうです、昨夜です。

台所の流しの明かりに手紙をかざし、マッチで火をつける私の指先は震えていました。私は手紙を燃やす前に、先生のお書きになった文面をすべて暗記しました。一字一句、完璧に記憶したと思います。だからこそ、こうしてついに燃やす決心がついたのかもしれません。頭の中に入っていれば、現物がなくても、ときどき頭の中から取り出して楽しむことができます。

昨夜、私は考えました。なぜ先生が私としばらく文通してみたい、とおっしゃったのか。そして、わかったのです。文通は、採用試験の一つだったのだと。差出人名に偽名を使うように指示なさったことといい、私が提出した履歴書では不十分だと再度、提出を求められたことといい、朝倉先生はとても慎重で、思慮深い方です。そういう方が、私の嘘を見抜けないはずがないと思いました。本当は、私が先生からいただいた手紙を燃やさずに持っていたのに気づいていらっしゃったのではないでしょうか。

そう思ったら、勇気を出して告白する気になりました。読んだらすぐに焼却することという先生のご指示を守れなかった私です。先生がどんな判断をお下しになろうと仕方ないと覚悟しています。

でも、どうかわかってください。私が雑誌を見て、先生のお宅に恋してしまったのは本当です。その恋は本物です。私は先生のお力になりたいのです。私が先生のお宅にうかがうことができれば、そのお宅を命をかけて大切に守り通すであろうことは間違いありません。先生は、「朝倉夕子」としてのお仕事に思いきり専念することができるのです。

問題は、ご主人ですね。ご主人が私のような存在を快く受け入れてくださるかどうか。でも、他人を家に引き入れることを嫌うご主人の性格では、まずそれは望めそうにありませんね。先生さえよければ、最初は、通いでもかまいません。でも、いずれは、二十四時間先生のおそばにいられるような生活ができれば本望です。

ご主人を説得なさるおつもりはまったくないのでしょうか。それとも、ご主人の性格から最初から諦めていらっしゃるのでしょうか。ご主人のことが「邪魔」だとおっしゃった先生のお言葉が、夜ふとんの中などでふっと思い出されます。

「愛したこともあったのに、なぜいまはこんなに疎《うと》ましいのかしら」

その一文は、そっくりそのまま私にも当てはまります。いま思えば、私を裏切った彼もまた、私のことが最後は疎ましかったのでしょう。

朝倉先生、ご自分をお責めにならないでください。そして、どうかご心配なさらないでください。私は先生のお気持ちをうかがっても、決して先生を軽蔑《けいべつ》したりはしません。それどころか、私には本音を見せてくださるお姿が、嬉《うれ》しくてたまらないのです。そこまで私を信頼してくださることがありがたいのです。

ああ、それなのに……。

その先生の信頼を裏切るようなことをしてしまいました。先生からいただいた二通の手紙は確かに燃やしました。信じてはいただけないかもしれないと思い、その燃えかすを少量ですが、紙に包んで同封します。先生がお使いになっている銀座の鳩居《きゅうきょ》堂《どう》の便箋《びんせん》の燃えかすかどうか、ご自分のお手元にある便箋を燃やして、確認してみてください。

人間と人間は、信頼関係で結ばれている。その言葉の重みをいまは、ただ……じっと嚙《か》み締めております。判決を待つ被告人のような気持ちでいます。

敬具

＊

拝啓　朝倉先生、ありがとうございます。何とお礼を申し上げたらよいのかわかりません。お許しいただけたことに心から感謝します。三通目のお手紙は、十回ほど読み返して、すぐに燃やして流しましたので、ご安心ください。お蔭様で記憶力はずいぶんよくなりました。お手紙では、先生は私を雇う方向に心を動かされているとか。それが本当なら、飛び上がりそうなほど嬉しいです。

半分は、もうお手紙はこないものと諦めておりました。覚悟していたのです。でも、いまは正直に真実を告げて本当によかったと思っています。

「あなたの言葉を信じます」

先生は、そうおっしゃってくださいました。手元にはありませんが、わたしの頭の中には、それらの言葉が先生の生きた言葉として、一つ一つ大切にしまいこまれているのです。

「でも、あなたを受け入れるにはまだまだ時間がかかりそうなの。いろいろ事情があって。詳しくはいまはお話しできないんだけど」

いえいえ、どんなに時間がかかろうと、私はいつまでも気長にお待ちします。あの素敵な薔薇の絵を鑑賞できる日を楽しみにしています。

敬具

＊

拝啓　先日、テレビで先生を拝見しました。先生のお美しいお顔が、ときどきふっと暗く曇るのを感じました。やはりご主人の問題が、先生を苦しめていらっしゃるのですね。

この手紙は、無事、お手元に届きましたでしょうか。先生のご指示通りに、指定された午前十一時にお宅の郵便受けに直接入れました。

「次回以降の手紙は、郵送せずに直接自宅の郵便受けに投げ込んでほしい」

そう指示されたときはびっくりしました。前回の私の手紙が、もしかしてご主人の手に先に渡り、中を読まれてしまったのかと思ったのです。でも、すぐあとの理由を読んでそうではないとわかり、ほっとしました。

「郵便物は誤配されたり迷子になる可能性があるから、これ以上信用することはできないの」と、先生はお書きになっています。過去に二度ほど、先方が出したはずの郵便物が届かず、一度は確かにこちらが出したはずの本が相手に届かなかったとか。それほど、郵便局が怠慢なものだとは知りませんでした。でも、言われてみれば、郵便物も人間が仕分けし、配達するものです。おっしゃる通り、間違いがないとは言いきれません。

でも、なぜ先生がそこまで慎重になられるのか。

正直に申し上げて、私は不思議な気がしました。先生は、最初に「電話は使わないようにしましょう」とおっしゃいました。もちろん、私は先生のお宅の電話番号を存じあげません。けれども、私のアパートの電話番号は一通目の手紙にも書いたので、先生から連絡があるとしたら電話がかかってくるのではないかと待っておりました。

先生の直筆のお手紙をいただけたのは予想外の喜びでしたが、お電話で直接お声を聞きたかった気もしました。

ひょっとしたら先生は、電話が盗聴されることを心配なさっているのではないでしょうか。私はつい、ご主人がご自宅の電話に何らかの仕掛けを……と考えてしまいました。根拠もなくご主人を疑ってしまって申し訳ありません。あれこれ推理してしまい、まるで推理作家みたいですね。

でも、先生がそこまで慎重になられ、警戒なさるのには、やはり理由があるに違いないと思ったのです。先生へお渡しする手紙をしっかり握りながら、変装した私はどきどきしていました。かつらをかぶり、眼鏡《めがね》をかけ、牛乳配達員の制服のような上着をはおった私は、まるで目撃されることを恐れる犯罪者のような心理状態でした。先生は、私が近所の人間に顔を覚えられるのを警戒なさったのでしょうか。それとも、いまは会社を辞めてぶらぶらしているというご主人に、私の顔を記憶させたくなかったのでしょうか。ここまで書いて、はっと気づきました。ご主人は、異常なほどに嫉妬深い方ではないのですか？　妻である朝倉先生に経済的に依存した状態であるいま、先生に誰か別の好きな男性ができることを非常に恐れているのではないのかしら。それで、盗聴したり、妻宛てにきた手紙を機会があったらチェックしようとしたり……。

もしかしたら、先生はご主人に暴力をふるわれているのでは。それで毎日、びくびくしながら過ごされているとか。私の思い過ごしでしょうか。先生と直接お話しする機会が持てないせいか、想像だけがあれこれとふくらんでしまうようです。いけませんね。「もう少し待ってちょうだい。必ずあなたを雇うから」という先生のお言葉を信じて、お待ちしています。

ご質問のあった私の血縁関係のことですが、もうすでにおわかりのように、私には両親も、兄弟もいません。親戚とはここ数年疎遠になっていますので、それ以上詳しいことはわかりません。子供でももうけていればこれほど寂しくはなかったでしょうけど、かえって係累などないほうが気が楽だ、と思うようになりました。そしたら、本当に自分の好きなことをして、好きなように生きてみたい、と考えを切り替えることができたのです。考えを切り替えた途端に目にしたのが、先生が自宅で撮られたあの雑誌に載った写真でした。そこに、私が住むべき、いいえ、住まわせていただくべき家があったのです。

その意味で、私は天涯孤独だと思っています。先生のおそばで思う存分お仕えできる気楽な身です。

私の本心を思いきって申し上げれば……。一度でいいから先生とお会いしたいです。お会いしたら、私のよさがもっと直接的にわかっていただけると思うからです。そして、ご主人のことで先生が具体的にどのような悩みを抱えていらっしゃるのか、お話しいただくことができると思うのです。

先生と私が会っているところを誰かに見られたら不都合があるとおっしゃるのなら、絶対に見られない場所を指定してください。私はそこへ、先日のように変装してうかがいます。男に化けろ、とおっしゃるならその通りにします。ご指示をお待ちいたしております。

敬具

＊

拝啓　朝倉先生、腰の具合はその後、いかがでしょうか。もうじき桜が咲くという季節なのに、朝晩のこの冷え込みは一体どうしたことでしょう。私には、永遠に春がこないようにさえ思われるのです。

念願叶《かな》ってついに先生にお会いすることができたというのに、普通ならもっと気分が弾んでいてもいいはずなのに、この落ち込みぶりはどうしたことでしょう。確かに気分は高揚しています。ですが、その高揚は喜びゆえのものではありません。

先生も当然、私の現在の心理状態についてはお察しのことと思います。私は先生にあんなことを頼まれるとは、想像もしていなかったのですから。

あんなこと……としか書けません。先生と私のあいだで「あの言葉」を使わない約束をしたのでしたね。ですから、あの言葉は禁句ですね。

先生とお会いしてから、ずっと自問自答しています。

実行すべきか否か。

実行するということは、私の希望が叶えられるということであり、拒否すればその逆です。

採用試験の最後の課題があれだったなんて……私にはひどく過酷な課題です。

「すぐでなくてもいいのよ。よく考えて。じっくり時間をかけて」

先生は、そうおっしゃいました。「あなたならできる」とも。先生のお眼鏡にかなったことを幸せに思わなくては罰《ばち》が当たりそうです。私は、先生によって選ばれた人間だからです。

それを実行したら、先生は幸せになることができる。私もまた、先生のお宅で働けるようになり、幸せになれる。

そのためだったのですね。先生と私の接点を第三者に気づかれてはいけない、と先生があれほどまでに慎重になり、あれほどまでに周囲に警戒の目を向けたのは。手紙を燃やすように指示なさったことの理由が、わたしにはどうしても理解できなかったのです。

考えさせてください。とりあえずは……先生のおっしゃったように〈観察〉を開始します。

そして、先生のご指示通りに中間報告を簡潔にいたします。

それにしても、私にあのような大役が務まりますでしょうか。

敬具

＊

拝啓　朝倉先生、中間報告です。Xは競馬場や競艇場に出入りしています。結果は、いつもあまり芳しくないようです。そろそろ釣りのシーズンですか？　やはり一人で出かける渓流釣りの機会しかないように思います。

敬具

＊

拝啓　今日、怖い思いをしました。京王線のある駅のホームで、Xの至近距離に立ちました。でも……小説のようにうまくはいきません。チャンスなんてなかなか訪れるものではないことを知りました。人目はあるし、Xもあたりをきょろきょろするしで、あれをするどころではありませんでした。ホームは望み薄です。気長にお待ちください。

敬具

＊

拝啓　残念でした。Xは先生には一人で出かけると告げたのでしょうが、実際には一人ではありませんでした。仲間がいました。新幹線の中で待ち合わせていました。今回は……断念します。
敬具

＊

拝啓　朝倉先生、お会いしてからもう半年がたちました。長いような短いような半年でした。

事故の記事と葬儀の記事を新聞で読みました。岩場から足を滑らせての転落事故でしたね。

心からお悔やみ申し上げます。ご主人様のご冥福《めいふく》をお祈りいたします。

残念ながら、私は告別式に参列することはできません。お許しください。

人の死というものはあっけないものですね。生まれてから一瞬で、目の前で弾《はじ》けてしまうしゃぼん玉のようなものです。ご主人の死は、まさにしゃぼん玉のようなものでした。濁流に呑《の》み込まれた瞬間、ぱちんと弾けて、水の中に泡のように消えてしまいました。先生に、ご主人が泳げないとうかがっていたので、絶好のチャンスではありました。

先生がご主人を殺したのです。

あっ、いけない。この言葉を使ってはいけなかったのでしたね。ついうっかりと口を、いえ、筆を滑らせてしまいました。

先生は、「いいえ、あなたが殺したんじゃないの」と反論なさるかもしれません。でも、先生がその創造的能力に恵まれた繊細な手を私に伸ばしてこられて、私の手を取り、そして殺人へと導かれたのです。

私は先生の命令を忠実に守り、いただいた手紙はすべて焼却しました。先生もたぶん、私から受け取った手紙をその場で燃やして処分したことでしょう。先生と私のあいだには、電話で会話した記録もありません。

そこで、私ははたと気づいたのです。先生が私に先生のご主人を殺させたという証拠は、どこにも残らないのだと。近所の人間が私の顔を記憶していたら？　でも、その顔はふだんの私の顔ではない。私が「先生に変装するように言われたから」と警察に訴えても、先生に「そのようなことを言った憶えはない」としらを切られてしまえばおしまいです。

先生はこう続けるでしょう。「私のところには、おかしな手紙がいっぱいくるんです。あなたの熱烈なファンだと言って」と。私が先生からもらった手紙の文面を、一字一句記憶している通りに話したところで、はたして信用してもらえるかどうか。

先生と文通させていただくようになって、私には洞察力がつき、深読みのできる人間になった気がします。先生とお会いしたのはあとにも先にも、あの一度きりでした。新宿のCホテルの一室でした。私はそこへ変装して行きました。先生もサングラスをかけておいでになりましたね。あのとき実は、二人の会話を録音させていただいたのです。探偵が使うような小型のテープレコーダーは私にはとても高価なものでした。でも、のちのちのために無理して買ったのです。それをバッグにしのばせてありました。

朝倉先生、どうか私がそのテープを警察に提出しなくても済むように、最初の約束をきちんと守ってください。人間と人間は、信頼関係で結ばれています。どうかよろしくお願い申し上げます。

「主人をあれしてからすぐに朝倉家に入るのはまずいわ」

先生はそうおっしゃいました（その言葉ももちろん、録音してあります）。

どのくらい時間を置けば、警察に疑われるおそれはないのでしょうか。一か月？　二か月？　三か月？　それとも半年ですか？

ご主人がいなくなったいま、先生はお一人で過ごされる寂しさから、そしてまた一日も早くお仕事を再開するためにも、誰かそばにいてくれる人間が必要なのではありませんか？　家の中のこまごました用事を片づける人間が。

朝倉先生、これで無事、私は先生の採用試験に合格したことになりますね？

私は命令に忠実で、口が固く、約束を破ることのない、行動力のある、そして素晴らしく幸運に恵まれた人間であることを立証してみせたわけです。

これで、望み通りに朝倉家に入ることが許されたわけですね。

ふたたびお会いする日を楽しみにしています。そのときがきたら、またあのホテルに呼んでください。

敬具

3

わたしは、ふだんはかけないサングラスをかけて、予約してあった新宿のCホテルの部屋に入った。そこから片山京子に電話をかける。彼女の声は緊張していた。緊張しているのは、わたしも同じだ。

電話で、片山京子にルームナンバーを教えた。ゆっくり待つことにする。どうせ、今晩はここで仕事をすることに決めたのだから。

わたしは、ライティングデスクにつき、ゲラ刷りを広げた。創刊されたばかりの雑誌に頼まれて書いたエッセイである。わたしの目がある箇所でとまった。

「大袈裟ね」と言って、彼女は笑った。

「もう、初めてのところはこれだから嫌よ」

わたしは、ちっと舌を鳴らした。わたしは「大袈裟」とは書かずに、「大げさ」と書く。あの「袈裟」の字が、何とも「大げさ」に思えて嫌なのだ。わたしの単純な好みであるが、活字になるときは「大げさ」を採用することにしている。

わたしは、赤いボールペンで「袈裟」をひらがなに直した。そのときふっと、片山京子の一通目の手紙の中に出てきた「大袈裟」という文字が脳裏《のうり》をよぎった。かすかに嫌悪感を抱《いだ》いた。

ゲラを見たあと、原稿用紙を引っ張り出して、短編の続きを書いた。少なくとも、書いているあいだはすべてを忘れることができる。

ドアのチャイムが鳴った。電話をしてから一時間が過ぎていた。

わたしはドアを開けた。片山京子が立っていた。アーモンド形をした瞳《ひとみ》の奥にはおどおどした色が宿《やど》っているが、ふっくらした口元にはうっすらと微笑が浮かんでいる。

わたしは、彼女に会釈だけして、部屋に招き入れた。彼女のために用意しておいた肘《ひじ》掛け椅子を勧める。彼女は、ためらわずに座った。なかなか堂々としていた。

わたしは、正面から彼女――片山京子を見つめた。

彼女にわたしの家――朝倉夕子の家を託せるだろうか、と考えた。彼女にどう切り出せばいいのか思案した。

そして、グラスに入ったミネラルウォーターを口にすると、ゆっくりと切り出した。

その昔、朝倉夕子が切り出したように。

「夫が邪魔なの。夫がいなくなれば、あなたにわたしの家に入ってもらえるんだけど。わたしには子供がいないわ。ゆくゆくはあなたに朝倉家を……と考えているのよ」

片山京子の目が見開かれた。

わたしは、彼女の顔に若いころの自分の顔をダブらせた。

目の前にいる片山京子は、十七年前のわたしであり、わたしは十七年前の朝倉夕子だった。

十七年前、美術系の短大に通っていたわたしを、突然の不幸が襲った。男手一つでわたしを育ててくれた父が、心筋梗塞《こうそく》を起こして死んでしまったのだ。一介のサラリーマンに財産などなかった。わたしは父が借りていた家を出、一間だけのアパートに移り、ホステスのアルバイトを始めた。何とか短大だけは卒業した。アルバイト先で知り合った会社員の男と、同棲《どうせい》生活を送るようになった。わたしは彼と結婚するつもりでいた。幼いころに母を失ったわたしは、将来の幸せな家庭を思い描いた。白い外壁の家。薔薇作りができる庭。日曜大工をする夫。ケーキを焼く自分。家の中や庭で遊ぶ子供たち……。

だが、その夢はあっけなく崩れた。同棲相手はある日、忽然《こつぜん》と姿を消した。後日、彼の友達と称する男が訪ねて来て、彼に妻子がいたことを告げた。わたしは裏切られたのだ。傷心の日々が続いた。一方で、幸せな家庭への憧れが強まっていった。そんなとき、目にしたのがあのインテリア雑誌だった。短大時代に名前だけは知っていた銅版画家「朝倉夕子」の白い外壁の屋敷、センスのいい調度品に囲まれた部屋の写真が載っていた。彼女はインタビューに「家事やわたしの仕事を手伝ってくれる人がいればいいんだけど……」と答えていた。わたしは天啓を受けた。自分の居場所はここなのだ、と思った。短大で油絵を習っていたわたしは、手先を使う仕事が好きだった。そういう素質に恵まれていた。母校の図書館で、「朝倉夕子」の住所を調べた。ファンレターに見せかけて自分を売り込む手紙を書いた。だが、郵送する直前に、朝倉夕子の夫に関する噂を耳にした。

「朝倉夕子も大変だよな。あの美貌《びぼう》で文才もあるから、あちこち引っ張り出されるようになった。女房がちやほやされるんで、最初は理解を示していた亭主も面白くなくなって会社を辞めてしまった。そして、朝倉夕子にあれこれ文句をつけ、暴力までふるうようになったらしい。もともとあの家は彼女のものなんだし、そんな亭主とは別れてしまえばよさそうなものだが、何か弱みでもあるのか、亭主が頑として離婚に応じないのか、そうもいかないようだ」

わたしは、手紙の中に自分が聞きかじった噂話を書いた。そして、自分は美大の出身で、手先が器用なこと。料理、裁縫が得意なこと。男には痛い目に遭《あ》わされていて、今後結婚する気はないこと。係累がなく、人間関係の面で煩わしさがないこと。忠誠心があり、口が固いこと……などをアピールした。朝倉夕子の家の事情を考慮して、封筒には名前を書かず、中に連絡先を書いた。

朝倉夕子からはしばらくして返事がきた。だが、なかなかわたしに会おうとはしなかった。手紙を読んだら焼き捨てるように指示したり、誤配されるのが怖いから、変装した上で直接届けてくれと言ったり、呆《あき》れるほど慎重だった。その警戒心の強さに、彼女に対する疑惑が芽生《めば》えたのだったが……。

朝倉夕子の口からは、夫の愚痴《ぐち》が吐き出された。両親を相次いで失い、お嬢さま育ちの彼女が途方に暮れていたときに、自分なら財産を管理する能力はある、と親切に近づいて来た男。その男を夫にした。最初は幸せだった。が、生まれた子供が病弱で一歳半で亡くなってから、夫との関係がぎくしゃくし出した。夫は外に女を作った。朝倉夕子は、寂しさから逃れるために趣味で始めた銅版画に打ち込んだ。もともと彼女は、芸術的な才能が開花する環境で育った。彼女の家には優れた美術品や絵画があふれていた。彼女の生み出す作品は高い評価を受け、その分野の新人賞を受賞した。夫雑誌などからエッセイを頼まれるようになり、テレビに出演するようにもなった。夫は有名になった妻に嫉妬し、「何だ、仕事にかまけてばかりいて。少しは妻らしいことをしろ」と彼女に暴力をふるった。妻に対する要求はどんどんエスカレートした。「もっと手のこんだものを作れ」「俺のセーターを編め」「庭作りがおまえの趣味だったんだろ？　それだったらもっと手入れをしろ」と。愛人にも愛想をつかされたようだった。朝倉夕子は離婚を切り出した。が、彼女の財産に執着した夫は応じなかった。仕事でもっと飛躍したかった彼女は焦《あせ》った。夫がいる限り、思いきり仕事をすることはできない。このままだと神経をすり減らして死んでしまうかもしれない。夫は、自分の時間を削り取るだけの邪魔な存在だ。そんな夫などいらない。そして、朝倉夕子は、あることを決意した……。

わたしは、彼女の願いを叶え、結果的に自分の願いも叶えた。ところが、理想の屋敷で暮らす朝倉夕子との快適な生活も長くは続かなかった。ある朝、なかなか起きて来ない朝倉夕子を見に行ったところ、彼女はベッドの中で冷たくなっていた。心臓発作を起こして死んだのだ。

朝倉夕子の遺産を相続したものの、飼い主を失った子犬のように、広い家の中で今度はわたしが途方に暮れた。わたしのことを心配した朝倉夕子の知人が、輸入美術品を扱う会社の仕事を紹介してくれた。そこで知り合ったのが、商社に勤務していた夫だった。わたしは彼と結婚した。彼を愛し、そして……疎ましくなった。

——朝倉夕子はわたしだったのよ。

わたしはときどき、自分の昔の名前をすぐには思い出せなくなる。少し考えて、「松井《まつい》あけみ」という名前を記憶の底から引き出す。作家としてデビューするときに、ペンネームを使うことを思いたった。「朝倉夕子」というペンネームを。

はるか昔のことだ。当時十歳だった片山京子が、かつての銅版画家「朝倉夕子」を知らなくても不思議ではない。

わたしは、片山京子に微笑《ほほえ》みかけた。緊張で身を固くしていた片山京子の表情が、ややほぐれた。彼女もいつの日か、「朝倉夕子」になるのだと思った。慎重な性格、係累の少なさ、美貌、野心、実行力、そして運の強さ。すべて昔の自分と同じだ。

その上、手紙の書き方、文章のリズムまで似ている。それは、感性や価値観、性格に似ているところがあるということだ。「大袈裟」と書くところは……目をつぶろう。

条件は揃っている。

片山京子は、雑誌に自分のアイディア料理を応募し、大賞をとったこともあるという。そのうち、彼女の夢は際限なく広がり、料理研究家、テーブルコーディネーターなどという肩書きに憧れるようになるかもしれない。そういう野心を秘めた瞳の輝きだ。けれども、女はわからないとも思う。二度と結婚はしません、と言いながら、好きな男ができたらどうなるかわかったものではない。そのあたりのことも、少し厳しく話しておかないといけない。

「先生、これは面接試験だと思ってよろしいんですね?」

片山京子が聞いた。

わたしはうなずいた。

マタニティ・メニュー

1

下腹部にひんやりとした感触があった。思わず柿沼《かきぬま》よしみは、胸で組んだ両指に力をこめた。

「はい、お腹の力を抜いて」

カーテンの向こうで、わずかにくぐもった医者の声が言った。

一度でいいから、この姿を客観的に見てみたい、とよしみはいつも思う。カーテンで仕切られた上半身と下半身。さぞかし滑稽《こっけい》な、けれどどこか神聖な光景だろう、たぶん。

内診が済み、別室で医者と向き合う。

「順調ですよ」

穏《おだ》やかな声で医者が言い、カルテをのぞきこんだ。

——順調ですよ、お腹の赤ちゃんは。

そう言葉が続けばいいのに……。

だが、よしみの場合は違う。

「順調ですよ、術後の経過は」

と、医者は言葉を補った。「でも、油断は禁物です。無理をしないように。半年後、また来てください」

よしみはいちおう、ホッとした。自分でも身体《からだ》に異常がないのはわかっていた。

診察室を出る。産婦人科の外来の待合室には、当然ながらお腹の大きい女性が目立つ。

柿沼よしみは、一年前に、子宮筋腫《きんしゅ》の手術を受けている。その三か月ほど前から、腹部の圧迫感、月経過多、月経痛などに悩まされていた。

気が進まなかったが、勇気を出して病院の産婦人科を訪れた。

診察の結果、子宮に鶏卵大の筋腫が数個、できているという。

医者の言葉だけではピンとこなかった。鶏卵と聞いて、よしみがスーパーでよく買うヨード卵を脳裏《のうり》に思い浮かべただけだった。あんな大きなものが、それも数個も自分の体内に宿《やど》っているなんて、想像できなかった。

「良性のものです」

悪性のものではなかったと知って、安堵感《あんどかん》がこみ上げてきた。

だが、喜ぶのはまだ早かった。

医者は、よしみの腹部にゼリー状のものを塗ると――それは冷たくて気持ちがよかった――、超音波診断装置で子宮の内部を視《み》た。カーテンを半分ほど開けて、機械の画面をよしみの方に向け、見せてくれた。

月面を、下向きの扇形にカットしたような画面の中に、黒い空洞が見え、内部に楕《だ》円形《えんけい》をした白い影のようなものが、いくつか見えた。

不思議な気分だった。わたしは卵をいくつも抱えているんだわ、と思った。

「三十三歳……ですか」

診察室で、カルテを見て医者は言った。

「独身ですね?」

「はい」

「できることなら、早く結婚して、なるべく早く子供を産んだほうがいいんですがねえ」

「はあ」

そんなことは言われなくても、この数年間、ずっと考えていることよ、とよしみは言いたかった。

「筋腫そのものは良性ですが、一つ、二つじゃないですからね。できている位置も問題です。それに、こういう体質は治りにくいので」

「…………」

「子宮の摘出を勧《すす》めたいところですが」

「テキシュツ？」

一瞬、言葉の意味が呑《の》み込めなかった。理解したあとは愕然《がくぜん》とした。

――結婚して子供を産む気がないのなら、全部、取ってしまいましょう。でも、そうしたら子供はもう望めませんが。

そういうことではないのか。

三か月迷って、結局、子宮を摘出することに決めた。

手術後、定期的に通院することを義務づけられた。

今日は、一年目の検診の日である。

よしみは手術のあと、それまで十数年間いたコンピューター会社を辞め、知人の紹介でクッキング・スクールの事務に、仕事を変えた。

一人暮らしは、短大からだからもう長い。

実家は長野県の上田《うえだ》市だが、父親は三年前に他界し、母親は、よしみと違い素直な弟夫婦と同居している。八つも下の弟には、子供が二人いて、嫁姑《しゅうとめ》の仲も結構うまくいっているようだ。自分が入るとごたごたが生まれそうで、足が遠のいている。

足が遠のいている理由はほかにもあった。

よしみは小さい頃から、おばあさん子だった。祖母は不思議な魅力を持った女性だった。魔力と言い換えたほうがいいかもしれない。一種の予知能力があった、とよしみは信じている。信心深い女性でもあった。彼女の言うことは、不思議とよく当たった。

よしみが小学生の頃、近所で火事があった。隣りに住んでいた妊婦が、その火事を見に家から飛び出して来ると、祖母はまじめな顔でこう注意した。

「ほらほら引っ込んでなさい。妊娠中に火事を見ると、大きな赤あざのある赤ちゃんが生まれるんだよ」

「そんなの迷信でしょ？」

よしみは信じなかった。だが、本当に足の付け根に赤あざのある子供が生まれたのだった。

それから、よしみは祖母の言葉を信じるようになった。

よしみを可愛がってくれていたその祖母が、父親の死に次いで、一昨年亡《な》くなったのだった。

郷里に帰っても、もう自分の居場所はなくなった、とよしみはそのとき思った。

手術のことは母親にも相談しなかった。何も知らない母親は、「もうあんたも年だから、後妻なんて話がくるようになったのよ」と皮肉を言いながら、田舎《いなか》から見合い写真を相変わらず送って来たりする。

見合いしたことは、過去に三度あった。どれも二度会うのがせいぜいだった。相手に過不足がないだけで、結婚に踏み切る気にはなれなかった。

これから見合いしようとする女が、子供の産めない身体だと知って、わざわざつき合ってみようとする物好きな男がいるとは思えない。

よほど自分のことを理解してくれる男性でないと……。そういう男性がすぐには現われるはずがない。

よしみは半ば、結婚をあきらめている。

結婚したい、という男性が現われないうちは、そうしたあきらめはさほど苦痛ではない。仕事さえあれば、女一人なんとか生活していかれる。

だが、よしみの心は、ときどき痛む。

過去に愛した男性は、たった一人いた。彼のことを思い出すたびに、下腹部のあたりに鈍い痛みを覚えるのだ。痛みは、いまはもうないはずの子宮のあたりからくる。

2

外来の待合室のソファに、真っ赤なワンピースを着た若い女性が、うつむき加減に座っていた。順番を待っているのか。

と思ったら、彼女はつっと顔を上げ、柔らかそうな髪をかき上げた。

その顔を見て、よしみはハッとした。

知っている顔だ。だが、あちらはよしみを知らない。

――井内《いのうち》美亜子《みあこ》、いや、いまは庄司《しょうじ》美亜子。

半年ほど前に、庄司秀隆《ひでたか》と結婚した。それまで、井内美亜子として、雑誌のモデルなどをしていた。

モデルとしては、有名なほうではなかった。観光ポスターのモデルになったり、ブライダル雑誌に白無垢《しろむく》や打ち掛けスタイルで何度も顔を見せる、そういう程度のモデルだった。

それなのによしみが〈井内美亜子〉を知っていたのは、たまたま持っていた『ブライダル特集』という、カラーページの多いぶ厚い雑誌に、美亜子が何ページかにわたって載《の》っていたからだった。どれも、純白のウエディングドレスや、きらびやかな打ち掛けを着ていた。

半年前、ある週刊誌の一ページに偶然、よしみは目をとめた。「各界の結婚」という連載ページだった。

――花嫁モデルと、美容界御曹司《おんぞうし》の華麗な結婚！

たしか、そんな見出しだった。

それから、よしみは庄司美亜子となった女性を、心の隅でいつも意識していた。会ったことのない女なのに、自分を子宮のない女、彼女を子宮のある女、として分類している自分に気づいて驚くことがあった。

――わたしを捨てた庄司秀隆が、結婚相手として選んだ女。

「君とは結婚するつもりはない」

と、関係を何度も持ったあとで、はっきり言った男。

わたしが子宮を全摘せざるをえないはめになったのは、わたしの不摂生のせいばかりでなく、庄司秀隆のせいもあるかもしれない。

よしみは、手術のあと、少なからずそう思ってきた。

祖母の言葉が思い出された。

――好き嫌いをなくさなくちゃいけないよ。偏食していると、大きくなって子供が産めない身体になるよ。

にんじんやほうれん草などの緑黄色野菜を嫌って、食べずにいたよしみを、祖母が心配して諭《さと》した言葉である。

祖母の死後、それは現実になった。だが、原因がそれだけだとは、やはり思えなかった。自分以外の誰かに責任転嫁をせずにはいられなかった。庄司秀隆に遊ばれた、という口惜《くや》しさがそう思わせるのかもしれなかった。

それが半年前、二人の結婚を知ってからは、妻になった美亜子のほうに憎しみの半分が向けられた。

その美亜子が、いまよしみの目の前にいる。しかも、その美亜子は腹部のあたりを自然に手でかばっている。

——おめでたなんだわ。

産婦人科に結婚して半年の女が来れば、妊娠に決まっている。

よしみは、美亜子の跡《あと》をつけた。

美亜子はこころなしか、ゆっくりした足取りで、ホールに向かう。仕事は辞め、専業主婦になっているはずだが、モデルをやっていただけあってスタイルはいい。

病院の外に出ると、タクシー乗り場に向かった。

よしみは、車で来ている。急いで駐車場に向かうと、車をロータリーに回した。

美亜子がタクシーに乗りこむのが見えた。

よしみは、タクシーの跡を追った。

美亜子の乗ったタクシーは、世田谷《せたがや》通りを進み、若林《わかばやし》のあたりで停《と》まった。一帯には、高級マンションが建ち並んでいる。その一つの前で美亜子は降り、アーチ形をしたエントランスに吸いこまれるように入って行った。

庄司秀隆と美亜子の新居を確かめたよしみは、それから一週間、あの豪華なマンションの一室で、二人がどんな生活をしているのか気になって仕方がなかった。

半年前の週刊誌の記事に、二人で新居を構える、と書いてあったから、二人だけで住んでいるのは間違いない。だが、そこに、もう一人住人が増える。可愛い赤ちゃんが。

3

一週間後の木曜日、よしみは、ふたたび病院に行った。自分の勘が当たっていれば、美亜子がまた外来を訪れるはずだと思った。

よしみの勤務は、週休二日制で、日曜日のほかに木曜日に休みを取っている。

産婦人科の外来の担当医は、木曜日は二人いる。担当医の関係で、同じ曜日を選んで来る妊婦が多い。

先週のあの様子では、美亜子は、妊娠の確認に来ただけだったのかもしれない。初診といった感じだった。そういう場合は、たいてい一週間後に、再確認に来るように指示される。

朝からよしみは待合室をウロウロしていたが、案《あん》の定《じょう》、先週と同じ時間帯に美亜子が現われた。今日は、落ち着いたブラウン系のワンピースを着ている。

彼女が診察を終えるのを待つ。

やがて診察室から出て来た美亜子の顔は、喜びで輝いているように見えた。自然にそうなるのか、右手で下腹部を押さえている。

――順調ですよ、お腹の赤ちゃんは。

きっと医者にそう言われたのだろう。

よしみは、自分にはない子宮を、自信に満ちた顔でたっぷり使っている美亜子に嫉《しっ》妬《と》を覚えた。しかも、美亜子は、自分を捨てた男と結婚した女なのだ。

何をしよう、という明確な目的はよしみにはなかった。けれども、美亜子の跡を再びつけ始めた。

ホールの手前で、美亜子は立ち止まり、廊下に設置された自動販売機の前で、ショルダーバッグの中を探った。赤い革の小銭入れを出すと、コインを落とし、一〇〇パーセント果汁のオレンジジュースを買った。

立ったまま、喉《のど》に流しこんでいる。休まずに、一気に。

早い人は、妊娠のごく初期から喉の渇きや、つわりの症状を訴えるという。

空《あ》き瓶をポリバケツに捨て、玄関に向かう。そのとき、バッグの中からこぼれたのか、紫色のハンカチが廊下に落ちた。

美亜子は気づかない。とっさによしみは、ハンカチを拾い、数歩走り寄った。

「あの……落としましたよ」

美亜子が振り返る。よしみが手にしたハンカチを見て、

「あら、わたしのです」

バッグの口に目をやった。

「すみません。ぼんやりしていて」

「おめでたなんですね」

「えっ？」

怪訝《けげん》そうな表情のあとで、口もとに笑《え》みがこぼれた。「どうして……」

「わたしも産婦人科の外来に用があって。あっ、それから、オレンジジュース買って飲んでらしたでしょう？　妊娠したときって、喉が渇くんですよね」

よしみは、にこやかに言った。

「やっぱりそうですか」

美亜子の顔はパッと明るくなり、

「わたし、はじめてなんです。今日、胎児、あっ、まだ胎児と言わないそうですね。胎芽《たいが》とか。確認できたばかりなんです。あの、何とかという機械で。つわりが人より早いらしくて。酸《す》っぱいものや甘いものがすぐ欲しくなっちゃって」

人なつこそうな微笑《ほほえ》みを向けてきた。元モデルらしく、口もとが歪《ゆが》まない、じつにきれいな微笑みだった。

「あの、あなたもおめでたですか？」

よしみは、首をかしげ、少しばかり困惑げな顔をしてみせた。

「前に流産したことがあるので、わかるんです。それからなかなかできなくて。いまは、その……不妊の治療に通っているんです」

「そうですか。ごめんなさいね」

美亜子は、形のいい眉《まゆ》を寄せた。化粧は濃くない。眉の形も自然だ。「わたし、こういうところに来る人はみんな、おめでたの人ばかりだって、なんとなく思いこんでしまってて。考えてみると、いろんな人がいるんですよね。子宮に筋腫ができた人だとか、検診に来た人だとか……。ごめんなさい」

美亜子は、たしか、二十五、六歳になる。ピンク色の頬《ほお》が、若さで光って見える。妊娠によるホルモンの影響もあるのだろう。

「いいんです。あなたのような人にあやかって、わたしも早く授《さず》かるように前向きに頑張りますから」

よしみの言葉に、美亜子はホッとしたようだった。

「いま何週目？　初期はね、大事にしなくちゃ。わたしみたいにならないように」

「まだ五週目ですって」

美亜子は、そう言ってから遠慮がちに声を落とし、

「失礼ですけど、流産なさったのは、何か月目ですか？」と聞いた。

「そうねえ、三か月の半ばだったかしら。わたしの場合は、自然流産だったから、運が悪かったのね。そちらは、五週目といえば、二か月に入ったばかりね」

「ええ。先週来たんですけど、まだ小さすぎて確認できなかったんです。尿検査で、妊娠反応はあったんですけど」

「いいわね。お若いから、きっと丈夫な赤ちゃんが生まれるでしょうね」

「そうだといいんですけど」

はじめての出産は、誰でも心配なものだ。その不安に、よしみはつけこむ気でいた。

「わたしが一人でも産んでいればね、先輩としてあなたにアドバイスしてあげられるんだけど。でも、弟の奥さんが二人、産んでいるの。伯母として、いちおうの知識はあるつもりよ、これでも」

「わたし、一人っ子でまわりに相談する人があんまりいないんです。母は病弱ですし、お姑さんには、ほら、気を遣《つか》いますしね」

美亜子は首をすくめた。

「また、いらっしゃいますよね」

玄関を出たところで、美亜子は聞いた。

「ええ、こういう治療は一度じゃだめだから」

よしみは、悲しげな微笑みを浮かべてみせた。

「金井《かない》先生ですか？」

「えっ？　いえ、わたしの担当は長谷川《はせがわ》先生なの」

それは嘘《うそ》ではなかった。美亜子の担当医と同じでなくてよかった、とよしみは思った。

「車で来ているの？」

さりげなくよしみは尋《たず》ねた。

「タクシーで帰ります」

「よかったら乗って行かない？」

「えっ？　でも……」

断わる理由もない、と美亜子は思ったのか、

「よろしいんですか？　わたし、若林ですけど」

と、意外にすんなり受けるそぶりを示した。

「世田谷通りなら、どっちみち通るからどうぞ。妊娠初期は、なるべく歩き回らないほうがいいのよ」

4

台所に立つ。今日のメニューは、〈特製〉チョコロール・ケーキ……。

よしみは、美亜子のためにケーキを焼いている。クッキング・スクールの事務員として働くようになってから、自然と料理にも詳しくなった。だが、自分だけのためには凝《こ》った料理などしない。ましてやクッキーやケーキを焼くなどということはしない。しかし、美亜子のためとなると違う。いや、彼女のためではない。お腹の赤ちゃんのためだ。

一昨日、美亜子を家まで送っていく車の中で、「わたし、最近、食欲が変なんです。食欲をコントロールするところがバカになっちゃったみたいで。すごく酸っぱいものや、すごく甘いもの、ケーキやクッキー、カステラなんかが猛烈に食べたくなっちゃうんです。そういうの、いままであまり食べなかったのに」と、美亜子が言った。

それを聞いて、ある考えがよしみの脳裏に、祖母の懐《なつ》かしい顔とともに浮かんだ。

「わたしね、クッキング・スクールに勤めているの。ときどき講師の先生からお菓子作りなんか習っちゃって。よかったらおいしい手作りのケーキ、届けてあげるわ」

「でも、わざわざそんな……」

「遠慮しないで。教室で作って、あまったりするのよ。よかったら食べていただきたいわ」

教室の残りもの、というのは嘘だった。よしみは自分で作るつもりでいた。お菓子作りの腕は、ちょっとは自慢できる。

「いいんですか。嬉《うれ》しいわ。でも太っちゃいそうだわ」

美亜子は、両手で頰を挟んだ。

「つわりの時期なんて、好きなものだけ食べていればいいって、先生もおっしゃるはずよ」

美亜子が降りるまでに、土曜日の夕方、チョコロール・ケーキを届けることを約束した。夫の庄司秀隆は、仕事で遅くなるという。

「あの、お名前は？　わたしは庄司美亜子といいます」

車を降りてから美亜子に聞かれ、

「鈴木容子《すずきようこ》です」

と、よしみは偽名を名乗った。柿沼よしみでは、秀隆が憶《おぼ》えているだろう。秀隆とつき合っていたのは八年前だ。秀隆は、女手一つで美容界のドンにのしあがったと言われている『アイコ美容室』チェーンを築いた庄司愛子《あいこ》の一人息子で、よしみとは晴海《はるみ》のコンピューター・ショーで知り合った。

チェーン各店にコンピューターを導入しようとしていた秀隆が、ショーに顔を出し、自社製品のプログラム・ソフトの宣伝にアシスタントのような形で出向いていたよしみと、一時間以上も話す機会を持った。仕事で何度か会っていたのが、そのうち親密な関係になった。ホテルに誘ったのは秀隆のほうだったが、そう仕向けたのはよしみだった。

よしみは、はっきりと望んでいたのだ。この人と結婚したい、と。けっして釣り合わない二人ではない、と思っていた。

だが、秀隆は、なかなか結婚という言葉を切り出そうとしなかった。彼にとって母親の存在が脅威で、彼女の言葉が絶対なのだ、と気づいたのは、しばらくたってからだった。

よしみは自分でも知らないうちに、それとなく彼の母親、庄司愛子に面通しされていた。そして、結局、彼女のお眼鏡にかなわなかったのだ。

母親が難色を示したと知るやいなや、それまで煮えきらなかった秀隆であったのが、

「君とは結婚するつもりはない」と、きっぱりと意思表示をするまでになった。

よしみは泣いたり、懇願したり、いま思うと恥ずかしいが、それなりに執着した。

時がよしみを立ち直らせてくれたが、その後、半ばふてくされて応じた見合いでも、そうそう好きな男は現われなかった。

薄力粉《はくりきこ》に砂糖とココアを混ぜながら、よしみは八年前のことを思い出していた。

ふっと手をとめる。

祖母の声がよみがえる。

――妊婦は、お腹を冷やすのがいちばんいけないんだよ。流産しやすくなるからね。ほら、田尻《たじり》さんとこのお嫁さん、うちの干し柿の食べ過ぎで流産しちまった。柿はよくない。子宮を冷やすから。干してあるからって、油断しちゃいけないよ……。

ココアの量は少なくしてある。そして、砂糖の量は、多めにしてある。

干し柿を二つ、ミキサーにかけ、ケーキの生地《きじ》に混ぜる。

柿の味がするわ、と勘づかれてはまずい。妙なものをケーキに入れるのね、と警戒されるからだ。ケーキ作りは、一度や二度ですまないかもしれない。干し柿の存在に気づかれては、やはりまずい。白い砂糖とココア色の粉末は、その特別な材料を隠すために必要なものだった。

庄司美亜子は、いまがいちばん流産しやすい時期だ。流産も繰《く》り返せば不妊の原因になる、と祖母が言っていた。

幸せの絶頂にいる彼女から、お腹の中に芽生《めば》えた小さな命を奪ってやるのだ。自分が味わったような苦痛を彼女にも与え、悲しみの底に突き落とすのだ。

干し柿の味と匂《にお》いを紛《まぎ》らすためにジャムを加え、バニラ・エッセンスを振り、その甘い香りを楽しみながら、よしみは考えた。それが自分を捨てた庄司秀隆への復讐《ふくしゅう》になる……。

魔法の薬を煎《せん》じる魔女のような気分で、よしみは〈特製〉チョコロール・ケーキを焼いた。

5

夕方、自分で焼いたチョコロール・ケーキを若林の美亜子宅へ届けた。美亜子は寄っていくように誘ったが、よしみは辞退し、ケーキだけ渡した。突然、秀隆が帰って来ないともかぎらない。

日曜日、電話をしてみた。秀隆が出たら無言で切ろうと思ったら、幸い、美亜子が受けた。

「どう、お口にあったかしら」

ドキドキしながら、よしみは聞いた。

「あ、……ええ、とってもおいしかったわ。作り方、教えていただきたいくらい」

「甘……過ぎなかった？」

味の調整が心配だった。

「えっ？　いいえ、ココアがほどよく入っていておいしかった、とても」

「よかった」

砂糖とココアに紛れたら、干し柿二つ分の味など消し飛んでしまうのだろう。だが、それだけの量であれば、母体に与える影響も少なくないのではないか。

「全部、食べたの？」

「主人も少し。でも、わたしがほとんど。主人、びっくりしてたわ。わたしがケーキばっかり食べるもんだから。どんなケーキ作りの名人が作ったのか、って聞くの」

よしみはドキッとした。

鈴木容子は、実際にいる。クッキング・スクールの講師の一人だ。学校に問い合わせれば、鈴木容子はいることはいるが、講師だと知って不審に思いはしないだろうか。

「あの、わたしのこと、あまり言わないで欲しいの。どう言ったらいいのか……わたし、流産しているし、いまは不妊の治療に通っているでしょう？　職場には知られたくないのよ」

「あっ、ええ、わかっています。主人には、クッキング・スクールの鈴木さんって言ったただけで。その、もちろん、容子さんのこと、他人には話してないわ」

少し焦《あせ》ったような口調で、美亜子は言った。流産うんぬんは、秀隆に喋《しゃべ》ってしまっていたのだろう。それは問題ない。鈴木容子の正体さえ秀隆にばれなければいい。

「今度はクッキー、焼いてってあげるわ」

チョコチップ入りのソフトクッキー、ココアクッキー、レーズンとレッドチェリー入りのカップケーキ、マーブルケーキ、シナモン入りのシフォンケーキと、よしみは〈特製〉ケーキやクッキーを美亜子のもとにせっせと届けた。干し柿の味と匂いを消すため、色をごまかすために、なるべくチョコレートやココアを使ったものや、シナモンやペパーミントなどのスパイスをきかせたもの、レーズンやチェリーやメープル・シロップなどを加えたもの、というふうに工夫した。砂糖の分量も多くした。

三か月の終わり、美亜子の頰はふっくらとしてきた。

「どう調子は？」

顔色をうかがって、よしみは聞いてみた。

「吐き気はしない？」

「ご飯なんか炊《た》くとムカムカするけど。匂いに敏感になってるのね、人一倍。でも、お菓子だけは大丈夫。どんどん太っちゃうわ」

そういう返事を得て、よしみは心の中でほくそえんだ。

——食べているんだわ、あの毒入りの特製ケーキを。

その日も、美亜子の家にはあがらなかった。

帰りにエレベーターを待っていると、ドアが突然開いて、ビクッとした。秀隆が帰って来たと思ったのだ。だが、降りて来たのは、よしみと同じくらいの年代の女性だった。

美亜子の右隣りの玄関のドアを開けて、室内に消えた。

美亜子が妊娠四か月に入ったとき、よしみはふっと不安になった。こんなやり方で本当に流産するのだろうか。いっこうにその気配はないではないか。

祖母が魔力を秘めた女性であったのはたしかだ。けれどもその祖母がすでにこの世にいない以上、その魔力も効力を失ったのではないか。

いや、違う。その力は、自分に受け継がれているのだ。わたしが子供を産めない身体になったことが、祖母の魔力が生きている証拠ではないか。

魔法の力を信じるのよ、よしみ。

それでも、不安は拭《ぬぐ》い去れなかった。美亜子は若い。胎児の生命力も、想像以上にたくましいだろう。

『身体の冷えがもとで下痢を起こし、流産や早産を誘発することにもなりかねません』

という記述を、マタニティ雑誌に見つけた。

下剤を使うのはどうだろう。ケーキに下剤を混ぜてみては……。

だが、下剤は薬である以上、効果は強力だ。よしみが届けたケーキやクッキーを食べてお腹をこわしたとなれば、美亜子はもう手をつけてくれなくなるだろう。そうなると、目的は果たせない。

次によしみは、こう考えた。東京で入手できるような市販の干し柿では、効果がないのではないだろうか。

――そうよ。やっぱり、おばあちゃんのあの干し柿でなけりゃだめなんだわ。

よしみは、次の休みに帰郷した。

祖母から受け継いだ秘伝の干し柿作りに、いまでは母親が精を出している。柿の木は、祖母が嫁に来る前から、門の脇《わき》に家を守るような形で植わっていたという。

母親は「どうしたの、いきなり」と最近家に寄りつかなかった娘が突然帰って来たことに驚き、次いで、その娘が唐突に「干し柿ちょうだい」と切り出したことに、もっと驚いた。

田舎の干し柿はしなびていて赤黒く、東京で売っているものより見てくれは悪かったが、それだけに〈効能〉は十分ありそうに見えた。気のせいか祖母の匂いがした。ビニールの紐《ひも》につながれた五つでワンセットの干し柿を二本、よしみは持ち帰ると、次の休みの日まで大切に保管した。

当日のメニューは、胚芽《はいが》カステラのつもりだった。材料は、小麦粉（薄力粉）と小麦胚芽と砂糖と卵、それにはちみつと干し柿……。

小麦胚芽入りのカステラの、香ばしさと濃いめの卵色と黒い粒々が、干し柿の甘みと渋味とおまけにその色を、うまくごまかしてくれそうな気がした。

6

「また来たのか、あの奥さん」

「え？　ええ」

庄司美亜子は、夫、秀隆の声に何か疎《うと》ましそうなものを感じた。

「君もいい加減、うんざりしてるんじゃないのか、相手をするのに」

遅い夕食のあと、秀隆はその話題を出した。

「ええ、でも……」

美亜子は、隣りに住んでいる阿川直子《あがわなおこ》の顔を思い浮かべた。

秀隆は〈奥さん〉と呼んだが、じつは直子は奥さんではない。ある人の愛人として隣りに部屋を借りてもらっている。

だが、そのことを秀隆は知らない。美亜子にしても、ほんの最近、直子自身から聞かされて知ったばかりなのだ。

ときどき通って来るのは、夫ではなく彼女のパトロンである。だが、直子は、「奥さんと別れて、あたしと結婚するつもりでいるの。いま交渉中なのよ」と言っている。

美亜子は秀隆に話そうと思ったが、「そんな得体のしれない女とつき合うのはやめなさい」と言われそうだし、よけいな心配はかけたくないので黙っていた。美亜子の妊娠を知ってから、秀隆は神経質になっている。

「でもね、気晴らしにはなるのよ。一緒にお茶につき合ってくださるし」

「そうかな。ぼくはあの女、あんまり好きになれないけどね」

秀隆は、ビールを飲みながら顔をしかめる。

美亜子は、つわりが始まってから、好みが偏《かたよ》り、夫とは違うメニューのものを食卓に並べたりする。秀隆は、カルシウムをもっと、とかレバーを、とか言うが、さほどうるさくはない。つわりで苦しむ妻の姿には理解がある。

美亜子は魚など絶対に焼けない。匂いのするものがまったくダメで、ちょっと嗅《か》いだだけでムカつく。だから、食卓にも匂いのきついものは並べられない。ただきついのではなく、雑多なものが複雑に混ざり合った匂いも受けつけない。

秀隆には理解できない感覚らしいが、それでも彼は、夕食のメニューに文句は言わない。

「相変わらず、ご飯はダメなようだね」

食が進まない美亜子を見て、秀隆が言った。「ルコントのモンブラン、買って来てあげたよ。見つかったらすぐに食べられちゃうと思って、寝室に隠しといた」

「わっ、嬉しい。食べたかったの。あそこの、匂いがきつくないし、わたしの口に合うのよ」

「さっそく食べるのか。しょうがないなあ」

苦笑しながらも、秀隆は嬉しそうである。

「だって、わたしじゃなくて、お腹の赤ちゃんが欲しがってるんですもの」

美亜子は唇を尖《とが》らせた。

寝室に行き、ルコントのケーキの箱を持って戻る。

「もう一人、親切な奥さんがいたっけなあ。病院で知り合ったとか」

モンブランを一つ取り出して、そのままかぶりつこうとした美亜子に、秀隆が思い出したように言った。

「ああ、鈴木さんね。鈴木容子さん」

口をモグモグさせながら、美亜子は答えた。

「不妊の治療に通っている人もいるんだな」

「前に流産したって言ったでしょう？　でもね、わたしのことすごく気遣ってくれるの」

「だけどさ、君に可愛いベビーが生まれたら、よけい干渉してくるんじゃないの？　彼女も子供、欲しがってるんだろう」

「そうだけど、でも、そんなふうに考えたら可哀相《かわいそう》よ。子供ができないからって、わたしに嫉妬するような人じゃないわ」

「まあな、いい人には違いなさそうだけどなあ。せっせと手作りのお菓子を届けてくれるっていうんだから」

秀隆は、少し呆《あき》れたような顔をした。

今日はオレンジ・クッキーだったわ、今日はシナモンをきかせたスイート・ポテトだったわ、とそのたびに美亜子が報告するので秀隆は〈鈴木容子〉という女性に少なからず興味を抱いたらしい。

「クッキング・スクールの事務をやっているっていうし、途中だからって届けてくれるの。車で来て、届けたらすぐに帰っちゃうのよ。わたし、何度かお誘いしたんだけど」

「遠慮深い人なんだな。隣りの奥さんも、少しは遠慮してくれればいいのにな。子供が生まれても、頻繁《ひんぱん》に通って来るつもりだったら、君もたまらんぞ。考えたほうがいい」

「ええ、それは……」

美亜子も、直子のお喋りにつき合わされるのは、そろそろ限界だと思っている。直子の場合、ほとんど愚痴《ぐち》のはけ口なのだ、美亜子が。相手の奥さんの悪口と、きっぱりと別れられない愛人に対する不平不満を、美亜子にこぼすのだ。

「そういえば、あの隣りの奥さん、最近、ちょっと太ったような気がするな。まさか妊娠しているんじゃないよな」

秀隆は首をかしげ、知ってるか、というふうに美亜子を見た。

「妊娠じゃないと思うわ。……わたしにつき合って、甘いものを食べているからよ、きっと。それに……」

美亜子は言いよどんだ。

「それに、何?」

「ううん、何でもないの」

美亜子の脳裏に、にこやかな鈴木容子の顔が浮かんで消えた。

7

阿川直子は、いらいらしていた。時計を見ては進み方が遅いのに腹を立てたりした。今日は、山内《やまのうち》が来る日である。それなのに、十一時半になっても、まだ来ないのだ。用意した夕食のシチューは、すっかり冷めてしまった。ワインを冷やしていた氷も、クーラーの中でほとんど水になってしまっている。

苛立《いらだ》ちで胸のあたりが痛くなる。と、突然、あるイメージが脳裏に形づくられた。ショートケーキに載ったイチゴの粒々とか、四角に切ったカステラのふっくらした厚みとか、艶《つや》のあるカスタードクリームがはみ出したシュークリームとか……。

食べたい、と思ったら、もうおさえきれなかった。喉の奥から唾液《だえき》が湧《わ》き出し、下腹部に締めつけられるような痛みが生じた。

直子は冷蔵庫に駆け寄り、乱暴にドアを開けると、無理やり押しこんだケーキやらスイートパイやらの箱を取り出した。食べ残しも入れると、箱は三つあった。

箱をテーブルに並べると、気が変わった。

クッキーが食べたくなったのだ。食器棚の中から、クッキーをしまった缶を取り出す。

ふたを開けると、星形やらハート形に型抜きされたきれいなクッキーが並んでいる。シナモンやバニラ・エッセンスの香りがプーンとする。きれいな形だ。

手作りなのよ、と隣りに住む可愛い新妻、庄司美亜子が話していた。

もう何度も、直子は美亜子から手作り菓子のおすそ分けをもらっている。これがたまらなくおいしくて、やみつきになるのだ。材料に何を使ってあるのか、舌の上でとろけるようなまろやかな甘みがある。一度、お腹の調子をおかしくしたことがあったが、もともと胃腸がすこぶる丈夫な直子だ。それ以降は、何ともなかった。

直子は、両手にクッキーをつかむと、まず右手の星形のクッキーをかじり、次に左のハート形のクッキーにかじりついた。またたくまに六つ、たいらげた。

――いつまで待たされなくちゃいけないのよ。いい加減、あきらめて欲しいわ。あのデブ女。

デブ女とは、山内の妻のことである。

山内がそれ相応の慰謝料を提示しても、離婚に応じないというのだ。とっくに夫の愛情が冷めてしまっているというのに、なおかつ執着するのは女の意地だろうか。

――あたしに対する抵抗だわ。

山内も山内だ。ほとんどこちらに入り浸《びた》っているくせに、今日は昼間、後輩の結婚式があるからと、今朝、礼服を取りに奥さんのもとに帰った。

奥さんも一緒に招待されているのだという。そのことも、直子は気に入らなかった。愛情が冷めていても、戸籍上夫婦であるというだけで、仲睦《なかむつま》じいふりをして、公《おおやけ》の席に二人で出るのだ。自分はけっして、そういう晴れの場には出られない、いまの立場では――。

山内は勤務医である。妻とは、知り合いに紹介され、見合い結婚したという。田舎町の開業医の娘で、性格のきつそうな女だ。子供はいない。

直子は、山内と同じ病院に看護師として勤めていた。二人の仲は知られないようにしてきたつもりだったが、それでも、どこからか漏れてしまうものだ。同僚の看護師に知られて、直子は病院を辞めた。

出張がちの夫がいる、ということで、山内が借りてくれたマンションに住んでいる。いずれ、山内は妻と離婚し、ここに正式に住むはずなのだが。いまでも、こちらが本宅のようなものなのに。

戸籍上の妻にさえなってしまえば、世間は不倫の結果だろうが、うるさいことは言わない。早くそうなって欲しい、と直子は熱望している。だが、そううまくは事が運ばないらしい。

苛立ちはつのる。と同時に、直子の食欲も旺盛《おうせい》になる。いけないとは思いながら、ついつい甘いものに手が伸びる。

直子にとっては、欲求不満のはけ口が甘いものなのだ、孤独に陥《おちい》ったときは。

その夜、山内はとうとう来なかった。

8

柿沼よしみは、「わたしは鈴木容子よ」と言いながら、〈特製〉胚芽入りカステラを作った。

極太のカステラである。それだけ、生地に混ぜる干し柿の量も増やせる。

よしみは、胚芽の量を多くし、はちみつを多めに垂《た》らし、少量だが、黒砂糖を混ぜて、干し柿の甘みと色をごまかした。

胚芽カステラというのは、作り方だけ講師から教わったことがあるだけで、はじめて挑戦してみた料理だった。

焼き上がったカステラをオーブンから出し、型から抜く。プーンと香ばしさが漂《ただよ》った。ふつうのカステラの香りとは違う。小麦胚芽のせいだろうか。

しかし、もちろん、〈干し柿〉が入っていると見破られるおそれは、微塵《みじん》もない。

だいたい、つわりの時期の妊婦は、味覚に多少の異常をきたしているものなのだ。

よしみは、カステラの端っこを少しつまみ、口に含んだ。

「おいしい」と思わず言葉が出たほどだった。

死んだ祖母がよしみに魔法の力を与えてくれるのなら、この特製胚芽入りカステラが、最後の手作りメニューとなるだろう。確実に、美亜子の母体に影響を及ぼすはずだ。

よしみはそう祈りたかった。それでも、確信はなかった。そこで、迷った末、ごく少量の下剤を混ぜることにした。

木曜日だ。昼間は、秀隆は仕事に出かけているはずである。

念のため、よしみは美亜子に電話をし、秀隆が不在なのを確かめた。

「ちょっと珍しいカステラ、焼いたの」

電話で美亜子に告げると、

「今日、容子さん、仕事お休みでしょう？　たまには家に寄っていかない」

と誘われたが、

「ごめんね。行くところがあるの」

と断わった。自分の作った〈特製〉カステラを、美亜子が食べるところをこの目で見たい気もしたが、長居は禁物だ。

午後、車でいつものように美亜子の家に、そのカステラを届けた。

9

阿川直子は、休日にゴルフに行くという山内を送り出したあと、一人ぽつんとしていた。先日、結婚式のあと来ると言っておきながら約束を破ったことで、山内をひどく責めた。山内は、「二次会で遅くなったんだ。別宅に帰るなんて言えないだろう、みんなに」と、一生懸命言い訳をしていた。

「あいつとは絶対、別れるから」

そうつけ加えた言葉を、直子は信じた。嘘ではないと確信した。山内は、妻といると息苦しくてしょうがないとこぼしているし、それは直子の目から見ても本当だと思う。

一刻も早く別れたいはずだ。だが、やはり正式に別れて欲しい。別宅から必要なときに本宅へ通うというような、愛人生活だけに甘んじたくない。

――あんなデブ女、死んじゃえ！

デブ女とは罵倒《ばとう》してみても、最近の直子は、自分もデブ女への道をたどりつつある。甘いものに手が伸び、カロリーの摂《と》り過ぎで、一か月半のあいだに六キロも増えた。猛烈な食欲に勝てないのだ。

これでは、隣りの妊婦と同じではないか。いや、彼女より自分の方が体重の増え方が激しい。

——こうなったのには、彼女の影響もあるんだわ。

ストレスからくる太り過ぎを、直子は自分のせいにはしなかった。山内のせい、山内の妻のせい、隣りにすむ妊婦のせい。

ついさっきも、一人でいる寂しさに耐え切れずに、ふらっと隣りに遊びに行った。おっとりした美亜子は、いつものように紅茶をいれてくれ、お姑さんからもらったとかいう浅草《あさくさ》の手焼きせんべいを出してくれた。

しかし、どういうわけか美亜子は手をつけなかった。おせんべいの匂いが鼻につくとか言っていた。直子に手焼きせんべいを勧めておいて、自分は牛乳で練《ね》っただけの幼児用のビスケットを食べていた。あっという間《ま》に一袋はたいらげただろうか。

そして、いつものように美亜子は直子におみやげまで持たせてくれた。それが、結果的に、直子を太らせているのだが……。

甘いものがまた食べたい、と思ったときに、玄関のチャイムが鳴った。

玄関に出て、「どなたですか？」と声をかけると、

「山内といいます。山内の妻です」

と、恐ろしいほど淡々とした声が応じた。

直子は動揺した。まさか、あのデブ女、いや、山内の妻が自分を訪ねて来るとは。躊躇《ちゅうちょ》したあとで、「どうぞ」と、山内の妻を招き入れた。

山内の妻、聡子《さとこ》は、室内に入ると、二重顎《にじゅうあご》をこころもち上げ、ジロリと見回した。値踏みするといった感じで。

「あなたにお話があって来たんですのよ」

勧められたソファに座り、膝《ひざ》をきちっと揃《そろ》えて聡子は言った。

直子はコーヒーをいれ、テーブルにコーヒーカップを二つ置いた。

「何でしょう」

と、直子は前に座る。

「主人と別れなさい」

「別れません」

「…………」

「山内さんは、奥さん、あなたと別れたがっているんです。いい加減、意地を張るのはやめたらどうですか。慰謝料だって払うと言っているんですから」

愛を獲得している身は強い。直子は言い返した。

「ああ、カステラ召し上がります？　もらいものですけど。とても仲のいいお友達がいて。あたし、環境に恵まれているんです」

直子は席を立った。こうして、相手が話し合いに出て来てくれたほうが、意外にうまく事がおさまるかもしれない。

直子は、美亜子からさっきもらったばかりの胚芽入りとかいうカステラを二切れずつ皿に載せ、持って行った。

「隣りの奥さんが、お菓子作りの好きなお友達によく手製のケーキやクッキーをもらうんですって。でも彼女、妊娠しているから、匂いに敏感になっていて。どれもシナモンがきつかったり、スパイスがきき過ぎていたりで、匂いが気になって食べられないそうなの。で、あたしにいつも回してくれるんですよ。何が入っているんだか、これがけっこう、おいしくて。匂いなんか、あたしは全然、気にならないのに。よかったらどうぞ」

直子が饒舌《じょうぜつ》になっていたのは、もうすぐ、目の前の女の立場にとってかわれるという喜びのせいだったのかもしれない。

「それじゃあ」と、静かに言い、聡子は視線は直子の手もとにやったまま、黒文字《くろもじ》の楊枝《ようじ》でカステラを少量切り取った。口に運ぶ。

直子もカステラに手をつけた。一口食べてから、コーヒーに砂糖を溶かし、ゆっくりすすった。

カステラとコーヒーの味が、口の中で混じって格別の美味だった。ちょっと苦いとは感じたが、あまり気にしなかった。

何分か経過した。直子の耳には、聡子の声が聞こえているようで、夢の中の声のようでもあった。息ができなくなった。手足の指先に冷たい感覚が生じ、やがてしびれに変わった。

「あんたのような泥棒ネコは、死ねばいいのよ」

そう聡子が言ったような気がした。「苦労して実家から持ち出して来たのよ、この薬。砂糖のかわりにたっぷりコーヒーに溶かしたのよ」

直子は、手にしたコーヒーカップを落としたらしかった。

意識が薄れていった。

遠くの方で、テーブルの上のカップが片付けられる音がした。

——世田谷区若林二丁目の『ニューシティ・マンション』五〇七号室で、無職阿川直子さん（二十九）が死亡しているのが、十日の夕方、近所の人によって発見された。解剖の結果、体内から有毒物質のタリウムが検出された。警視庁捜査一課と世田谷東署は、変死事件として調べている。玄関のドアには鍵《かぎ》は掛かっておらず、テーブルの上には食べかけのカステラがあった。

タリウムは白色の金属結晶で、特に硫酸タリウムは摂取すると呼吸器障害で死に至ることもあるという。タリウムがカステラに含まれていた可能性もあるとみて、警察ではカステラの成分、入手先について調べている――。

二十五時の箱

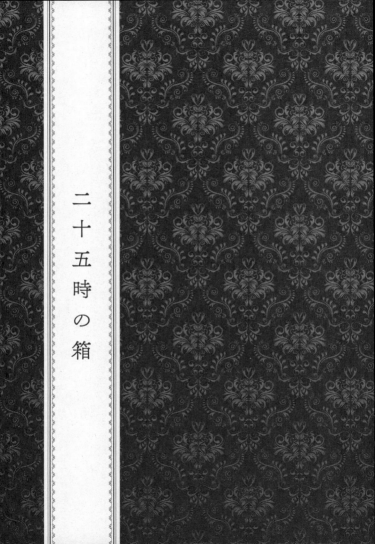

1

浜松町でモノレールに乗り換えて、羽田に行く途中、わたしは何度も戻ろうかと思った。

目的は、飛行機に乗ることではなかった。飛行機なら、うんざりするくらい乗っている。わたしは、国際線の客室乗務員だから……。

十日間のフライトを、一昨日終えたばかりで、六日間のオフが続いている。一か月に十日の休みがもらえる。

羽田空港には、月に二、三度用があって来る。だが、今日は仕事ではない。

モノレールを降りて、目的のコイン・ロッカー・ルームに向かう。

旅行会社のカウンターに、「沖縄はまだ夏」と書かれたパンフレットが並んでいる。

その横を、大きなバッグをさげた若いギャルたちが、笑い声混じりに通り過ぎる。

〈まだ夏？〉

わたしは、ふっとおかしくなった。飛行機に乗っていると、季節なんか感じなくなるのだ。昨日まで真冬、今日は真夏なんて、しょっちゅうだから。

いまは、十月……。十という数字に、ドキリとする。過敏になりすぎている、とわたしは思う。だけど、ならざるをえない。

ここのコイン・ロッカーに、空きが多いのは、知っていた。すぐそばの、もっと目につくところに、大型と普通のがたくさん並んでいるからだ。

周囲を見回す。

五列並んだ大型のロッカーの横に、三百円用のが数列続いている。

最上段に、空きは三つ、四つ並んでいた。

その一つに手を伸ばして、わたしはためらった。列の向こうで、荷物を預けようとしていた老人が、こちらを向いたからだ。気のせいか、怪訝《けげん》そうな顔をしている。

思わず、手を引っ込めてしまった。別に、悪いことをしているわけじゃないのに。預けるのが大きな荷物じゃなくちゃいけない、という法律はない。

そのおじいさんが去るのを待って、改めて、最上段に手を伸ばした。

ロッカーが開く、ギィッという音。華奢《きゃしゃ》ではない鎖。あれが、わたしは嫌いだ。おまえの自由にできる空間には、限りがあるんだよ、と言われているような気がして。バネみたいな鎖が、一定の位置でキチンと停止する。九十度。それ以上は、一度も譲らない。

でも、いまのわたしには、十分だ。パンパンに膨れたズダ袋を、苦労して押し込むわけではないからだ。

すばやく、それをロッカーの奥に滑り込ませ、扉を閉めた。

そのとき、いきなり、誰かが背中をこすった。バランスを崩し、よろめいた。と、同時に、下腹部に不快感を覚えた。

〈誰よ、こんなに邪魔するのは……〉

若い女が、あやまりもせずに、通り過ぎて行った。小柄な、太った女だったように思う。白いワンピースを着ていた。

そんなに狭い通路じゃないのに、不注意だわ。よっぽど急いでいたのかしら。まったく、腹が立つ。……腹が立つですって？　いまのわたしは……腹が膨れるの方が、ずっとお似合いなのに。

めまいが始まった。続いて、胃の奥、いや、もっとずっと下、子宮のあたりからこみ上げてくるような吐き気。

わたしは、しばらく、時間にして十秒くらい、後ろのロッカーにもたれかかり、額を押さえ、目を閉じた。

目を開けると、鮮やかなオレンジ色が、いくつか目に飛び込んできた。並んだロッカーの、キイ・タッグの色だ。不特定多数の手に触れているせいか、プラスチックのそれは薄汚れている。ものを預ける人間の感情など、お構いなしといったふうに、無機質で冷たい感じを受ける。

〈閉めなくちゃ〉

わたしはハッとした。鍵《かぎ》をかけなければ、わたしの「空間」は、絶対ではない。百円玉を三個落とし、鍵を縦にする。コインが落ちる、小気味よい音とともに、わたしの空間が確保された。

0024……それが、コイン・ロッカーの鍵のナンバーだった。

24……ニンシン……偶然だわ。そうよ、そうに決まっている。

「おめでたです。三か月目に入りかけたところです」

意識的にか、感情を殺したような医者の声が、わたしの耳によみがえってきた。

2

和泉範明《いずみのりあき》、わたしのお腹の子の父親は、いま、新橋のTホテルに住んでいる。それまで住んでいたマンションが、奥さんの名義で、処分を迫られていたからだ。

和泉は、今年四十一歳。再婚して七年目で、子供はいない。

わたしと和泉との関係は、俗に言う不倫ということになるだろう。最初の奥さんとは、結婚三年目で離婚したが、やはり子供はいなかった。「子供は作らない」それが彼の主義で、妻になる女性も、それを承知の上で結婚したという。

前の妻もいまの妻も、それぞれ仕事を持っていた。だから、生活の歯車がかみ合わなくなると、子供という歯止めもないため、容易に離婚に行きついてしまうのか。

わたしにはよくわからない。和泉が、私生活について、あまり多くを語ろうとしなかったからだ。でも、つき合い始めて二年間、彼から少しずつ聞き出した。

和泉は、有楽町に本社がある、航空機まで扱う大手のリース会社に勤めている。国際部の部長だ。別居中の妻は、同じビルの一階にある、オフィス機器会社のショールームに出入りしていたインテリア・デザイナーで、いまは、実家の名古屋に戻って仕事を続けている。

わたしと和泉との出会いは、飛行機の中。

当時、海外出張の多かった彼は、よくビジネス・クラスを利用した。偶然何度か乗り合わせ、親しく口をきくようになり、ロンドンでの滞在が重なったとき、はじめてデートした。関係ができたのは日本で、出会ってから一月《ひとつき》後だった。

もちろん、彼が結婚していることも知っていた。その頃から、奥さんとの仲はしっくりいかなくなっていたらしい。別居に踏み切ったのは、二か月前だった。でも、原因はわたしだとは思っていない。

二人の関係は、外部に知られるはずがない。彼は慎重だったし、わたしにしてもそうだ。わたしには、自分の意志で、面倒なことにならない大人の関係を維持できる、そういう自信があった。

だが、その自信が揺らぎ始めている。あのときから……。

彼の奥さん、和泉玲子《れいこ》は、関西を中心に貸しビル・不動産業を営む資産家の一人娘で、ゆくゆくは和泉を養子に、という考えもあったらしい。マンションも、彼女の父親の不動産の一つだった。

和泉はゴタゴタするのが嫌で、さっさとマンションを出てしまったようだ。次の物件が見つかるまで、気楽なホテル暮らしを、というところなのだろう。

妻は、離婚届に判を押すのをなぜか渋っている、と和泉は言っていた。離婚がはっきりするまでは、君とは一緒に住まない方がいいだろう、とも。「愛人」の存在は、彼を不利にする、とわたしも考えた。

とはいえ、どこかで、彼が奥さんときっぱり別れてくれて、わたしと一緒になってくれたら、と望んでいたのは当然だ。とりわけ、妊娠がわかってからは……。

Tホテルのロビー。フロントに向かう。

〈わたしがしようとしていることは、何なのかしら〉

脅迫？　違う、そんなんじゃない。復讐《ふくしゅう》？　それとも違う。

脳裏をちらと、いつか観《み》た映画の一場面がかすめた。嫉妬《しっと》に狂った女が、不倫相手の家に、刃物を持って忍び込むという、ホラー映画並みの凄《すさ》まじさだった。妊娠を理由に、男にある決断を迫るってところは、あの女とまったく同じではないか。

「本日宿泊している和泉範明さんを呼んでほしいのですが」

わたしは、うわずった声で言った。

「ただいま、外出中のようですが」

しばらくの間のあと、フロント係が答えた。わかっていたことだ。

「じゃあ、メッセージ、お願いします」

厚みのある、白い封筒を預けた。中身は、コイン・ロッカーの鍵とメモである。

フロント係は、事務的な動作で受け取り、「かしこまりました」と言った。

わたしは、自分の部屋に戻って来た。

鏡に映った顔は、やつれ気味で、仕事中はシニヨンにしている、彼が好きな長い髪も、こころなしかパサついている。

ベッドに横たわる。

全身がだるい。仕事がら、足にむくみがくるけれど、大体翌日にはとれる。それが、二日たってもだめだ。

妊娠したのは、まさに不覚、だった。

ほんのちょっとの油断が、わたしの日常を狂わせたのだ。避妊は、ふだん心がけていた。だけど、あの日は、わたしの計算によれば、ほぼ安全日で、わたしたちははじめて、自然にまかせた。

妊娠しただけなら、まだよかったのだ。が、あのことを知ってから、わたしの中で、何かが変わった。

和泉は、今夜の最終便で沖縄に行く。その前にホテルに寄る。そこで、あの封筒を受け取る。コイン・ロッカーの場所を示したメモと、そして鍵。

あれを見るのは、飛行機に乗る直前の方がいい。考える余裕を与えないまま、彼を飛行機に乗せてしまいたい。

あのコイン・ロッカーの中には、例のものを録音したカセット・テープと、わたしの妊娠が記された、医者の診断書が入っている。

和泉がそれを見たら、そしてテープを聴いたら、どうするだろう。

だけど、これは、恐喝でも何でもない。ただ、彼の本心を確かめたいだけよ。本当に、それだけ……。

もちろん、診断書はコピーで、テープはダビングしたものだ。

ああいう場面を録音するのは、さすがにためらわれた。テープを聴いたときは、もっと嫌だった。裏ビデオに、自分が出演しているような、そんな気分がした。

「ねえ、本当に子供、欲しくないの？」

「ああ」

「可愛いと思わない？」

「子供による」

「遅くできた子って、とっても可愛いっていうわよ」

「…………」

「奥さんは、子供が嫌いなの？」

「仕事をするには邪魔だ、そう言ってた」

「結婚する前のことでしょ？　それを承知であなたと一緒になった」

「…………」

「でも、女だったら、気が変わってもおかしくないわ。……ううん、男だって同じ。きっと、子供が生まれたら、欲しかったんだなって思うわよ。うちの父、姉が結婚するとき、猛反対したのよ。勘当同然だった。でもね、何年かして、姉に男の子が生まれたの。そしたら、だんだん気持ちがほぐれていって、お正月に姉夫婦が帰省したときは、姉には何とも声をかけなかったくせに、いきなり孫を抱き上げて、あやし始めたのよ」

そこで、わたしの笑い声。彼が煙草《たばこ》を吸う気配と、咳払《せきばら》い。気まずい沈黙。

「奥さんと別れるの?」

「……そのつもりでいる」

「そしたら?」

「どういうことだ」

「どうって、そのあとはって意味」

「考えていない」

たぶんシーツがこすれる音。

「やめて」と、わたしの強くはない、でも毅然《きぜん》とした拒絶。

「今日は……一度でいいの」

3

深夜、電話のベルが鳴った。予想通り、和泉からだった。

「何のまねだ？」

最初に沖縄のホテルからだと告げて、和泉の低い声が言った。

「あの通りよ」

わたしは、わざとぶっきらぼうに答えた。

「あのメモは、どういう意味なんだ。それから、鍵」

「えっ？」

わたしは面くらった。和泉の質問の仕方が、予想と外れている。

「メモって？」

『羽田のコイン・ロッカーは、下記の場所。鍵は同封してあります。あなたの決断を、お待ちします。そういうときがきたからです。香陽子《かよこ》』

メモの文面は、こうだ。

「見たんでしょう？」

「何を？」

「ロッカーのことよ。決まってるじゃない」

わたしは、とぼけている彼に心底憤った。

「何にもなかったけど」

一瞬、和泉が言ったことが理解できなかった。

「何も入ってなかった。君は何を望んでいるんだ。思わせぶりなことをしたつもりだろうけど、不満があるんだったら、はっきり言えよ」

「ちょ、ちょっと待って。ロッカーには、本当に何もなかったの？」

「じゃあ、何があったって言うのさ。君は何か、入れたつもりなのか」

「嘘《うそ》、じゃないんでしょうね」

「なんで、嘘つく必要があるんだよ」

「冗談でしょ？　とぼけて……」

言いかけたのを、和泉が激しく遮《さえぎ》った。

「こっちが言いたいね。空《から》のロッカーを見せて、ぼくにどんな決断を迫ろうっていうのか」

わたしは、短い時間に、さまざまな思いをめぐらせ、そして言った。

「処分したってね、オリジナルはあるのよ。テープだって、奥さんに送れば……」

「テープ？　どんなテープだ。何のやつだ。玲子に送るってどういうことだよ。ええっ？」

和泉の口調が、荒々しくなる。

おかしい、とわたしは気づいた。彼がとぼける理由はないのだ。処分しても、わたしが控えを持っていることくらい、想像できるはずだ。

「本当になかったのね？」

わたしは、動揺をおさえながら確認した。

「違うのかい？」

和泉が、訝《いぶか》しげに聞き返した。

「いいの。……鍵のナンバー、覚えてる？」

「確か、24だと思ったけど」

「間違いない。だけど、ロッカーの中は、空っぽだった。どういうことなの？君の目的は何なんだ。テープって……」

和泉の話の途中で、わたしは受話器を置いた。

心臓が高鳴っている。

頭の中で、あのコイン・ロッカーに戻ってみた。自分のした通りのことを、何度も反芻《はんすう》してみる。

——最上段の一つに、例のものを滑り込ませ、扉を閉めた。そのとき、誰かに背中にぶつかられ、よろめいた。緊張のせいか、いつもモヤモヤと胸のへんにわだかまっている吐き気が、一気にこみあげてきて、わたしを苦しめた。わたしは額を押さえ、目を閉じた。つわりの治まるのを待っていたのだ。それからすぐに、コインを三個落とし、鍵を掛けた。抜いた鍵は、００２４だった——。

そこで、ハッとした。鍵のナンバーを確かめたのは、「荷物」を預けたあとだった。やがて、どうしてもそれしかない、という結論に達して、わたしは身がすくんだ。ロッカーの位置を間違えたのだ。

ものを預けたはずのロッカーには、施錠されず、おそらく隣り、右か左かわからないが、空のロッカーに施錠してしまったのだ。そうに違いない。

あの、ぶつかってきた白いワンピースの女のせいよ！　でも、鍵を掛ける前に、ロッカーを確認しなかったわたしがいけないのだ。

じゃあ、わたしの「荷物」はどうなったのだろう。隣りのロッカーの、ずっと奥に、ひっそりと置かれたままでいるのか。

あれを、誰かが見つけたとしたら……。

4

翌朝、まだ薄暗い中を、タクシーを飛ばして、わたしは羽田に向かった。羽田に到着したのは、朝一番のモノレールとほとんど変わらない時間だった。が、タクシー代を悔いている場合ではない。

土曜日のせいか、空港内、正確には空港への入口は、混雑していた。出張、旅行……明日に続く休日を、最大限に有効に使おうという人々に違いない。

一つ手前のコイン・ロッカー・ルームは、すでに満杯状態だった。昨日の夜、各地に旅立って行った人たちが、不要な荷物を預けたのだろう。

会社から直行の旅行や、出張先に持って行けない書類などを、玄関の役目をしているここに、気軽に預けて行くことを、経験からよく知っている。

わたしは、目的のロッカーの列に、ほとんど気分だけひきずられるようにして、急いだ。今朝は、寝不足のせいか、昨日よりもっと気分がすぐれなかった。

よくテレビ・ドラマでつわりの場面がでてくるけれど、あのリアリティのなさには笑わされる。わたしの場合は、つねに澱《おり》のように胸のあたりに溜《たま》っていて、何千匹もの小さな虫が這《は》うみたいにうごめいているのだ。わたしの軽率な行動を罰するように、ジワジワとわたしをさいなむ。

ありとあらゆる、細かな動作、匂《にお》いを伴なう無意識の瞬間に、わたしは自分の倫理観を、意地悪く試されているような気持ちにとらわれるのだ。

「あなたは未婚でしょう?」

「自分の意志で、結婚している男性とつき合っているんでしょう?」

「避妊するくらい、当然でしょう?」

「リスクは承知の上でしょう?」

「妊娠したの、自分勝手に遊んだ罰よ」

「楽しんだくせに」

そうよ。楽しんだのは本当だわ。

わたしは、彼の愛撫《あいぶ》に我を忘れたこともあったし、二人の関係にスリルを感じていたことも、それがいっそう身体《からだ》を燃えさせていたことも、全部、事実だわ。

なぜ、女のわたしだけが、二人の結果を背負わされなくちゃならないの?

でも、もう、どうでもいいの、そんな倫理観なんて。わたしはただ、このウジウジ、ジメジメした陰気っぽいつわりから、解放されたいのだ。スリムなウエストを取り戻したい。

子供は、まだ欲しくない。いま、わたしに必要なのは、妊娠したという証拠、診断書だけ……。

二つロッカーの並びを越えると、あの列がすぐに目に入った。最上段の、少なくとも一つの箱は、オレンジ色のタッグが下がったままでいて欲しかった。

それなのに、全部、使用中だった。最上段の0024も同様だ。右隣りは0028、左は0020。いずれも、使用中の赤ランプが点《つ》いている。

〈なぜなの?〉

何度見ても、空きはない、とわかっているのに、わたしは同じ並びを行きつ戻りつした。使用中が、ひとりでに空きになるはずはないのだ。

「こっちも、空いてないよ」

若い女の声が後ろでして、わたしはハッと振り向いた。空きを探している若者たちが数人、使用中の表示を恨めしそうに睨《にら》んで行く。

わたしはしばらく躊躇《ちゅうちょ》したが、ロッカーの横に貼《は》られた「コイン・ロッカー使用約款」にある、連絡先の電話番号をメモした。

空港内にある、Yビル・メインテナンス(株)に電話をしてみる。

まもなく、係員が飛んで来た。

「あの、わたし、昨日荷物を預けた者ですけど。手違いがありまして——」

どう説明したらよいのか、わたしは考え考え、定年後の第二の仕事をしていそうな、その初老の係員に話した。

でも、もちろん、「荷物」の正体については持ち出さずにおいた。昨日の午前中に預けた荷物を、夜、取りに行ったが、どうやらロッカーを間違えて鍵を閉めてしまったらしい。両隣りはすでに使用中だった。遅かったし用事もあったので、今朝出直したこと。

係員の顔が、次第に怪訝そうになるのを、わたしは感じた。こちらを警戒する表情も、混じっている。だが、慌てていたわたしは、警戒の意味にすぐには気づかなかった。

話を聞き終えると、

「本当に、ロッカーを間違えたんですか？」

唇に薄笑いを浮かべて、係員は聞いた。

「そうです。鍵をかけ違えたんです」

「じゃあ、荷物が中に入っていたってことですね。お客さんのがね。それは、どうしたんでしょう」

わたしは言葉に詰まった。こっちが聞きたい、と思ったが、係員は自分の番だというふうにさらに続けた。

「先客がいるところに、次の客が入れるわけ、ないでしょう。違いますかね。箱は一人分のスペースしかないんですから」

こんな場合でなかったら、面白い比喩《ひゆ》だわ、と感心したかもしれない。頭の中が空白になった。

「お客さんが昨夜、鍵を開けたときは、空っぽだったわけですね。じゃあ、どちらかの箱と間違えたとしましょう。鍵がぶら下がったままになっていれば、誰でもその箱、いやロッカーのことだけども開けてみて、中に荷物が入っていれば、ふつう遠慮すると思いませんか。まあ、時間と良心があれば、届け出るか。良心のない人は、その荷物、盗んで行くか」

係員は、ニヤッと笑った。

わたしの言うこと、信じてない、この人。わたしはいらいらした。

だが、係員の言うことはもっともだった。

「ふむ、こういう場合もあるね。どうしても、その箱、いや、ロッカーでなければ嫌で、先客を別の場所に移し替えた」

その表現と推理が気に入ったのか、係員はヤニで汚れた歯をむき出し、

「あなたの言うのは、どこですか？……あ、ああ、そこですか。ふーむ、0024、か」

「合鍵、ありますよね」

思いきって頼んでみた。

「両隣りのロッカー、開けてみてくれませんか？」

「バカ言っちゃ、困りますよ」

即座に彼は言った。「隣りの人たちにだって、プライバシーがあるんですからね」

係員は、わたしをジロジロと眺め、視線をロッカーに戻した。

「ええっと、２４のは今日、ほかの二つは昨日預けたことになってますね」

言われるまで、わたしは確認していなかった。改めて見ると、使用中の赤ランプの下に、三百円と数字が表示されている。

コイン・ロッカーは、預けた日を含めて三日間、使用できる。早朝預けても、営業時間終了の間際に預けても、一日と数えられる。

二日目以降は、使用追加料金、つまり三百円が一日ごとに加算される。追加料金を足さなければ、鍵は開かない仕組みになっているのだ。原則として、四日目には、別途保管される。

その規定に添えば、わたしが間違えたであろう、どちらのロッカーも、二日続きで使用されていることになる。

わたしが黙ったままでいると、

「お客さんの荷物って、どんなのですか？」

係員が聞いた。

「あ、いいんです。たいしたものじゃないんです。……様子を見ますわ」

間の抜けた返事だと思ったが、そうとしか答えられずに、わたしは立ち去った。

5

それから一時間ほど、わたしは空港内にいた。売店や喫茶店のあたりをウロウロし、定期的にコイン・ロッカーまで様子を見に行った。

でも、そう都合よく、荷物を取り出しに来そうもない。0024の両隣りは、使用中のままだった。

一時間が限度で、わたしはあきらめた。

そこは、小さな病院だった。下を向いて歩いていたら、うっかり見落としてしまいそうな裏通り、住宅街の一角にあった。

電車に乗るたびに、わたしは駅のどこかで、その名前を目にしていた気がする。頭の隅に、自然に焼きついていた名前。「夜間診療受付けます」とあった広告。

――あれって、夜間にコソコソと中絶したい人はどうぞ、って意味じゃないの。大胆な広告ね――。

そんな無邪気な好奇心が、いまのわたしには羨《うらや》ましい。まさか、自分の身に起きるとは……。でも、驚くことはない。わたしは女。すれば妊娠するのは当然だもの。

その前に、家に寄り、シャワーを浴びた。身体を清めたかったのだ。『恒川《つねかわ》産婦人科』の門をくぐる。胸の内は、不安でいっぱいだったけれど、なるべく考えないようにした。

沖縄に出張中の和泉からは、あれから電話はない。わたしが何か企てていると思って、警戒しているに違いない。

わたしが彼の子供を宿していることを、彼は知らない。人工妊娠中絶同意書には、父親の欄に彼の名前を書いた。印鑑は、もちろん三文判だ。

医者は、事務的に応対した。かなり年配の看護師も同じだ。未婚でもあるし、事情は察しているだろう。でも、機械的に接してくれた方が、かえってありがたかった。何か優しい言葉をかけられたら、途端に涙が溢《あふ》れてきそうだったから。

「ゆっくり数を数えてください」

頭上で、医者の声が言った。

百まで数えなくちゃいけないのかしら――そんな心配をよそに、三つ数えただけで、わたしの意識は遠のいた。

あれは、その短い間に考えたことなのか、手術が終わって、麻酔から醒《さ》めるまでの夢だったのか……。和泉との出会いから昨日までを、わたしはうつうつと思い出していた。

妊娠がわかったとき、すぐに告げなかったのは、言う時期を待っていたせいもある。決して、彼が子供嫌いだからというわけじゃない。

別居中の奥さんと離婚して、わたしと一緒になる。一度離婚した男は、二度目も楽だろう。あの人さえ、「今度は君と一緒になろう」と言ってくれたら、そのあとで妊娠を告白したっていい。つまり、事後承諾だ。

若いとはいえ、わたしはもう二十六。これから、新しい出会いを求める気もない。というより、正直なところ、彼に未練がありすぎたのだ。

まさか、彼の奥さんも妊娠しているとは思いもしなかった。

わたしがそれを知ったのは、偶然だった。仕事の帰りに、和泉の会社のあるビルに寄ったときだ。一階のショールームの隣りの喫茶店で、見憶えのある事務員が二人、話をしていた。

和泉の妻が、最近、ショールームに顔を出したこと。彼女が妊娠していたこと。すでに膨らみが目立っていたこと。和泉とよりを戻すらしいこと……。わたしは、偶然にも聞いてしまったのだ。

　もちろん、そのまま信じたわけではない。だけど、まだ正式に離婚していないのは事実だ。いまの段階では、妻の座の方が、わたしよりずっと強いに決まっている。

　残念ながら、彼の口からはいままで一度も、「妻と別れて君と結婚したい」という言葉を聞かされていないのだ。「考えている」とか「待ってくれ」だとか、曖昧《あいまい》に言葉を濁していた。

　わたしは計算した。それは、彼が自分の気持ちに迷いがあるからだろう、と思っていた。和泉を、ただちに、感情的に問い詰めるのは賢くない。彼との仲を決定的にそこなうことなく、慎重にして、しかも奥さんに勝ちたい。

　彼が子供嫌いなら、奥さんが彼の子を身ごもるはずはないけれど、いちおう二人は夫婦なのだ。二か月前までは一緒に住んでいた。そういう関係があったとしても、不思議じゃない。一度の関係でも、妊娠はできる。

　その結果、わたしが採用した方法は、文書で彼の真意を確かめることだった。ある程度の〈脅し〉も含めて。

「わたしも、あなたの子を妊娠しているのよ。奥さんと別れるなら、いまがチャンスよ」と、問いかけたつもりだった。

　二人のベッドでの会話を録音することも、口で告げずに診断書を見せることも、わたしなりに考えた冷静な手段だったのに。

だけど、実際に妊娠している状態は、わたしには煩わしかった。許せなかった。不安定な状態以外の何ものでもない。

子供は、わたしの意思にお構いなしに、どんどん育っていく。わたしの身体を醜く変えていく。自慢のウエストを、一センチ、一センチと増やしていく……。

妊娠するのは、子供を産むのは、結婚という保証を得てからでも遅くはない。わたしは二十六歳。その意味では、矛盾しているようだけれど、まだ、十分若い。

二時間病室で休んだだけで、わたしは帰された。

下腹部に、かすかな痛みと、不快感はあったが、あの澱のように溜っていた吐き気は、嘘のように消えた。

そして、わたしは、一つの生命を葬り去った罪悪感より、解放感とか爽快感に近いものを感じたのだった。これで、ウエストは元に戻る。つわりはなくなる。だるさやむくみは、やがてとれる……。

わたしには仕事がある。一度くらいの失敗は、これからの人生の傷にはならないだろう。いつの日か、望んで子供を産むとき、わたしは今日のことを進んで忘れようとするだろう。

しかし、それは、わたしのエゴにすぎなかったのだ。償いはどこかでしなくてはならず、つけは必ず回ってくる。そのことに思い当たるには、やっぱりわたしは幼すぎた。

6

翌日の夕方、わたしは三《み》たび、羽田に行った。もっと早く行きたかったのだけれど、身体がきつかったのだ。

和泉が沖縄から戻るのは、四日後である。

とにかく、コイン・ロッカーから、あの「荷物」を回収しなくては。今日で三日目だ。

いくら何でも、預けた荷物を取りに来るだろう。それとも、昨日、わたしが帰ってから来たかもしれない。で、ロッカーは、そのまま空きになっているかもしれない。

わたしはそう望んだ。出血が思ったより多く、身体はまだ安静を必要としていた。本当なら、二日間は安静にしているべきなのだ。が、そんなわけにはいかない。

0024は、空いていた。

バタン、と扉を開ける。中は空っぽだ。奥をのぞくまでもなく、何もない。

両隣りは、使用中。右の表示は〇円、左は六百円と出ている。可能性としては、左の方だ。一昨日預けたまま、三日目の今日も預けっぱなしということだ。

〈誰だか知らないけど、今日が期限よ。早く取りに来なさいよ〉

ロッカーに、内心呼びかけた。

わたしの推理が外れていなければ、ここに荷物を預けた誰かは、よほど慌てていたのか、わたしの小さな「荷物」に気づかずに、自分の荷物をギュッと押し込んだのだろう。

たぶん、わたしのは、その下か奥の方に隠れているはずだ。

白い小型の封筒に、糊《のり》づけせずに入れたテープと診断書は、ちょっと見れば、駅前で配るポケット・ティッシュのように見えるかもしれない。見落としやすいサイズだ。

そのとき、人が来た。中年の男で、手に鍵を持っている。

預ける目的も、出す目的もなく、ただそこにいたわたしは、立ち去るふりをした。けれど、彼が手を伸ばした方向に、視線は動いた。

最上段、0024の右隣りのロッカーの鍵を、彼ははずし、中からおみやげらしい紙袋を二つ、取り出した。

男が行ってしまってから、そのロッカーに駆けつけた。

勢いよく扉を開けると、中は空だった。期待はほとんどしていなかったが、それでも、一縷《いちる》の望みくらいはかけていた。

これで、かなりの期待が、左のロッカーに集中した。

〈わたしの荷物は、ここに入ったままになっている。絶対そうよ〉

そうでないと、誰かがどこかに持って行ってしまったことになる。テープには名前がなくても、診断書にはわたしの名前が明記されている。病院の名前と医者の氏名も。見つけた誰かが、悪用しないとも限らない。

根気強く、営業終了の一時間前まで待ってみた。だが、誰も取りに来ない。もう限界というところで、管理会社の窓口に行ってみた。

あの係員がいた。

「今日を入れて三日目です。やっぱり、わたしの荷物は、入ったままになっていると思うんです」

係員は、ふんふんとうなずき、

「取りに来ないとはね。もうこの時間だ」

一度見た腕時計を、また見た。

「じゃあ、いちおう、控えておきましょう。取りに来なかったら、こちらに保管することになるから。なるべく早く確認しましょう」

わたしはためらったが、差し出された用紙に、連絡先として電話番号を、預けたお荷物の欄に、『カセット・テープ』と記入した。

「テープ?」

と、係員が眉《まゆ》をひそめた。その目は、好奇の色を帯びている。

「預けた人間のプライバシーって、あるんでしょう?」

わたしは言った。封筒の中をあらためるかどうかは、この人の良心に任せるほかはなかった。

7

翌朝、電話のベルで起こされた。不安をよそに、かなり深い眠りにひきずりこまれていたようだ。

休暇はまだあり、わたしの身体はまだ回復していない。

「警察ですが」

眠たい声でモシモシと受けたわたしに、男の声は言った。

「小倉《おぐら》香陽子さんですね」

「そうです」

「あなたが預けた、コイン・ロッカーの荷物のことですけど」

ああ、とわたしは思った。でも、すぐに、なぜ警察なのだろう、と訝しんだ。

期限が切れた荷物は、保管場所に移されるだけではなくて、管理会社から警察の手に委《ゆだ》ねられるのだろうか。

「ちょっと確認したいことがあるので、来ていただけませんか？　こちらから出向いてもいいんですけどね」

羽田空港近くの警察署に、わたしは呼び出された。

通されたのは個室で、応対したのは刑事だった。まるで、取り調べみたい、とわたしは緊張した。

「あったんですね？」

不審に思いながらも尋ねてみた。

「あなたの届け出た荷物は、ええと、カセット・テープでしたよね」

刑事は、用意していたのだろう、机の下から小型の封筒を取り出して置いた。

「あ、これです」

〈やっぱり、あったんだわ〉

封筒を手に取り、ちらと中を見た。診断書が、たたまれたままで入っている。

〈中を見られたのだろうか〉

わたしは、刑事の顔色をうかがった。見ないはずはない。まさか、テープまで聴くなんてことは。……仕方がないわ。

でも、おかしい、とわたしは身構えた。

これしきのことで、警察に取り調べを受ける理由はない。これじゃ、恐喝の証拠にも何もならないはずだもの。

わたしが妊娠したからって、診断書を持っていたからって、意味ありげな録音テープを持っていたからって、警察が介入するほどのことじゃない。

「それだけですか？」

「えっ？」

「あなたの荷物は、それだけですか、と聞いたんです」

「そうですけど」

何を言い出すのだろう、と首をかしげたが、

「ああ、もう一つ荷物があるんですね？　わたしのあとで預けた人がいるはずですものね」

そのことに気がついた。

「それですけどね。ちょっと確認していただけますか」

刑事は、わたしの顔から視線を離さずに言った。

わけがわからぬまま、別室に案内された。

入るやいなや、魚の腐ったような嫌な臭《にお》いが鼻をついた。スティール製の長テーブルの上に、どこかのデパートの手提げ袋が載っていた。

「これが、その人の？」

指差したわたしに、刑事が言った。

「嬰児《えいじ》の死体ですよ。死後三、四日たっているようですけどね」


「わたしのじゃありません！」

つわりとは違う、激しい吐き気を覚えながら、わたしは叫んだ。

「でも、あなたは、こういう診断書と、録音テープをロッカーに預けていた。羽田というのも、不思議な気がしますが」

「わたしのであるはず、ないじゃないですか。そんなの一緒に預けません。まして、係員を呼ぶなんてこと……」

「そんなはずない、とは我々も感じています。ですが、念のため確認を、という意味で」

「だって、わたしは……とにかく、違います。おかしいじゃないですか。そうでしょう」

診断書には、妊娠三か月とある。そのわたしに、人間の形をした、胎児の死体を遺棄するなんてことができるはずがない。

この人たちだって、わかっているはずなのに……。

「まあ、あなたのではないかもしれませんが。何かの目的で利用するためじゃないんですか？　診断書の日付も、その気になれば書き直せるでしょうしね。……鍵を紛失したんでしょう」

刑事の目つきが、鋭くなった。

「もしかして、わたしが鍵を失《な》くして困っていたから、係員に嘘を言って開けてもらおうとした、と思ってるんですか？」

「一度預けたけれど、というより、捨てたけれど、気が変わってどこかに移そうとした。不安になったのでは？　しかし、気が動転しているうちに、鍵を落としてしまった。違いますか？」

「バカみたい。そ、そんなこと、なんでわたしが……」

口惜《くや》しさのあまり、あとは言葉にならなかった。

「じゃあ、うかがいましょう。なぜ、こんなものをコイン・ロッカーに？」

刑事が封筒を手に取った。

「預けた目的が曖昧ではね。それと、モノが奇妙に符合するんで」

「偶然です！」

わたしはかぶりを振り、キッと刑事を睨みつけた。

「コイン・ロッカーには、大きな荷物でなくちゃ、預けちゃいけないんでしょうか」

わたしはうわずった声で問い返した。が、ひどく的はずれなことを言っている気もした。

困ったように刑事が笑い、

「もちろん、そんな決まりはありませんが、ふつうはそうですよ」

きつい口調で言った。

そう、ふつうじゃない。わたしは、ふつうじゃない。正常な神経の持ち主じゃない？

どうして、こんな事態になってしまったのだろう。なぜ、ここで何の関係もない刑事に、和泉とのことを告白せねばならぬ羽目に陥ってしまったのだろう。

うまく説明できそうもない。たとえ説明したとしても、わかってくれるだろうか。わたしの気持ちを……。

「誰だか知らないけど、赤ちゃんを産み落として、あんなところに捨てて。わたし……そんなひどいこと、絶対にしません！」

わたしは、涙を溜めて言った。

だが、言ってから、ドキッとした。

果たして、そう、きっぱりと言い切れるのだろうか。子供を十か月、お腹の中で育て、産み捨てた女と、育たないままに暗闇に葬り捨てたわたしと、どんな違いがあるというのか。

「いますぐにでも、調べてくだされればわかります。診断書にある通りです。同意書もあります。わたしは一昨日……」

そこまで言って、わたしは机に突っ伏した。

8

嬰児の死体は、二十一歳の若い女が捨てたものだった。

死体をくるんでいた大型のカレンダーの紙やビニール袋、デパートの紙袋、コイン・ロッカーの指紋などから、嬰児殺しの犯人は、あの日、沖縄に新婚旅行に出かけたことがわかった。

出発の直前まで、死体の入った紙袋を持ち歩き、その処理に困って、後先のことも考えずにあんな場所に捨てたのだ。

嬰児は夫の子ではなかった。結婚が決まる前につき合っていた恋人の子だった。

ふだんから小太りだった彼女は、周囲の者に臨月まで妊娠を知られずにいた。彼女自身、妊娠に気がついたときはすでに遅く、前日こっそりとアパートで産み落とした……。

彼女の話では、何度か捨て場所を探して、あのへんをウロウロしていたのだという。あのロッカーに預けたのは、出発直前のスキを見てで、そのときは、あまり空きがなかった。とっさに最上段の一つに、手が伸びたのだという。

それにしても、処分に困り、新婚旅行の間際まで嬰児の死体を持ち歩くとは、と新聞紙上やテレビで、識者が眉をひそめていたものだ。

「以前にも、成田空港のゴミ箱に、嬰児の死体を捨てて、新婚旅行に旅立った女がいましたね」

テレビで、誰かが言っていた。

＊

わたしは、その後、和泉と別れた。和泉は会社を辞め、奥さんとよりを戻し、結局、妻の実家の経営陣に加わる道を選んだ。

そして、わたしは、客室乗務員の仕事を続けている。

駅で、空港で、劇場で、いろんな場所で、ときどきコイン・ロッカーを使うことがある。

あの嫌な音のする扉を開けると、四角い空間がわたしを迎える。
何でも受け入れようとするくせに、何となく無神経で冷たい空間……。
空洞になったわたしの子宮に、どこか似ている気がする。

左手の記憶

1

「畜生、これじゃ仕事にならん」

佐伯《さえき》は、いらいらして左手を伸ばし、ワープロの電源を切った。しゅん、と情けない音をたてて画面が消える。フロッピーに保存しておくまでもない分量の文章だ。たった二行書くのに、試行錯誤して、三十分以上かかってしまった。

ワープロがだめなら、手書きという手段がある。そう思って、この二日、何度か原稿用紙に向かったものの、数行も書かないうちに肩がこって諦《あきら》めてしまった。

小説は、両手か、もしくはきき腕で書くもの。そのことを佐伯は痛感した。せめて、骨折したのが右手ではなく、どちらかの足であってくれたら、と自分の不運さを嘆いた。足であれば、通院できるようになるまでの入院中も、整形外科の病室にノート型のワープロか原稿用紙を持ち込んで、いくらでも仕事ができる。

「スキーで足じゃなくて手を骨折するなんて、聞いたことがない」

と、周囲に怪我《けが》のことを伝えたとき、あきれられたものだ。

去年の暮れのことだった。原作を連載中の漫画雑誌の担当編集者、秋元《あきもと》が、佐伯を湯沢《ゆざわ》のスキー場に誘った。

「佐伯さん。今年もどうせ寂しい正月でしょう。スキーに行きませんか？　それとも、野郎だけじゃ嫌ですか？　あっちで可愛い女の子見つかりますよ」

正月に仕事はしないと決めている。スキーは、雪国育ちだから自己流の滑り方だが嫌いではない。秋元が誘うのだから、ホテル代もあっち持ちだろう。帰りにどこかの温泉に寄って、ついでに取材でも……と考え、佐伯は行くことにした。実は、その前の年にも信州の温泉に誘われていたのだが、郷里の上田の近くということで、何となく気乗りせずに断わってしまっていた。

ある雑誌の新人賞を『灰色の背景』という短編小説で受賞したのが、四年前。当時、二十八歳の佐伯は、高校を卒業してから五度目の職場である仕出し弁当屋で、配達の仕事をしていた。

佐伯は、自分は作家になるべく選ばれた人間だと思い込んでいた。どの仕事についても一時的に生活費を稼いでいるだけという感覚しかなかったから、暇をみつけて一気に書いた小説が幸運にも新人賞を射止めてから、あっさりと職を捨てた。周囲は――例外ではなく秋元も、「食えるようになるまでは、勤めを辞めない方がいいですよ」と勧めた。だが、書くのに費やす時間が一分でも多く欲しかったので、アドバイスに従わなかった。

　厳しい現実はすぐにきた。受賞した雑誌は、いわゆる堅めの大手の出版社で、原稿を一度で通さないことを信条としているような会社だった。浮気しない真面目《まじめ》亭主のように、何度書き直しを命じられても、受賞させてもらったその社に操をたてる作家もいるだろうが、そんなことをしていては飢え死にしそうだった。

　そこで、何でもやった。ゴーストから、ノベライゼーションから、くる話は何でも引き受けた。さいわい、秋元のいる『漫画スリラー』から依頼されて書いた「超能力刑事的場《まとば》」シリーズが、読者に大いに受けて潤った。とりあえず連載を一本持つのは大きい。

　そのうちに、中間雑誌からぼちぼち注文がくるようになった。書き下ろしも矢継ぎ早に出した。出版社の規模など選んでいられなかった。

　思わず本を閉じるほど徹底した暴力シーンと、「いまの時代そんな女はいないよ。だけど、いて欲しいな」と思わせる古風で芯《しん》の強い女を登場させたことが、力も弱く、女にもてない、いわゆる貧しくて暗い男たちにある種のカタルシスを感じさせるらしい。

去年、『超能力刑事的場』の一巻目が単行本として出版されてベストセラーになり、ようやく例の受賞させてくれた社から原稿依頼がきた。今度は、全面的な書き直しはされなかった。そして、秋には、はじめてのハードカバーを書き下ろした。

エンタテイメント小説界では、『佐伯郁弥《いくや》』は、将来有望な新鋭作家という位置づけがされているらしい。ここが正念場だ、というところだったのに……。

それが、この右手首と上腕部の骨折だ。骨折の中でも、たちの悪い部類に入る。

急斜面ではなかった。佐伯、秋元の順で、長い斜面の三分の二ほど滑り下りてきたところであった。いちおう上級者用のコースである。下方には、ヨチヨチ歩くようにスキーを運ぶ初心者の姿は見えなかった。あとは惰性でまっすぐに滑り下りるだけ、と気を抜いたときだった。右の方に上下白いスキー服を着た女性が見えた。ぶつかる、と思った。慌ててストックを使い、左にカーブしたが、間に合わなかった。

ぶつかった……と思った瞬間、佐伯の顔面は冷たい雪に埋まっていた。そのときは、右腕の痛みは感じられなかった。

右腕の骨折に気づいたのは、「大丈夫ですか、佐伯さん」と秋元に声をかけられて、立ち上がろうとしたときだった。焼きごてを当てられたような熱い痛みが、右肘《みぎひじ》を襲った。凍りついたように、少しも動かせなかった。

あとで秋元に聞くと、「上下白い服の女ですか？　そんなの見ませんでしたけどね。日の光が雪に反射して、そんなふうに見えたんじゃないですか」と言った。幻覚だったというのか……。しかし、確かに見た。帽子はかぶらず、肩までの長さの素直な髪をした女を。顔は……よく憶《おぼ》えていない。確認する暇などなかった。

佐伯は視力はいい。あれが幻覚だったとは、どうしても思えなかった。

2

「ああ、片手打ちのワープロって思いのほか難しいんですね。変換キーが押しにくい。いらいらするなあ」

と秋元は、椅子を回転させて佐伯へ向いた。「やっぱり、左手で書く方が効率的ですよ」

佐伯は、苛立《いらだ》ちをつのらせるのが嫌なので、ワープロから離れて、座卓の前にいた。原稿用紙だけは広げている。右肘を曲げた状態でギプスで固定し、指先まで包帯を巻かれている。コンクリートで固められたような治療を受けてから八日間、活字から離れている。書かないと仕事にならない。焦燥感はどんどん増す。

いちばん早い締め切りは雑誌で、二週間後だ。五十枚の短編である。いつもなら二、三日もあれば楽勝なのだが。

「山田《やまだ》の左手と取り替えてあげたいくらいですよ」

自分のところの仕事にとりあえず支障がないので、ややのんきそうに秋元は言った。

山田というのは、『漫画スリラー』の左ききの編集長である。

「左手で書く、か」

佐伯は、柔らかいBの鉛筆を持ち、升目の大きい原稿用紙の左隅に、『佐伯』と書いた。『佐』はなんとか格好がついたが、『伯』のニンベンは升からはみ出て傾いた。字を覚えたての小学一年生より、不格好な字だった。

「やめだ、やめだ」

鉛筆を放り出し、佐伯は原稿用紙のノートを押しやった。二日間、同じことを繰り返し、そのたびに情けなくなって、どこかに当たり散らしたのだ。鉛筆だと、手のひらが汚れるのも気に入らなかった。といって、ボールペンで書けば、あとで直しがきかない。一つでも判読不明な文字を書いてしまえば、消すことができないから、根気よく書き続ける気が失《う》せる。

それでなくとも、左手にかかる負担は大きい。

パジャマを脱ぐのも着るのも、シャワーを浴びるときに、右腕の包帯を濡《ぬ》らさないようにかばうのも、トイレで中腰になったり背筋を伸ばしたりしてジッパーを上げ下げするのも、やかんで湯を沸かすのも、マグカップにインスタントコーヒーの粉を入れ、湯を注ぎ、かき混ぜるのも、全部、左手の役目なのだ。カップ麺《めん》を食べるときは苦労した。スープや薬味の袋は、一方の手で袋を押さえ、他方の手で破るようにできている。袋を口にくわえ、左手を使って破こうにも、破きやすいものとそうでないものとがある。タイミングがずれて、中の液が飛び散り、床や衣服を汚したときなどは、思わず髪の毛をかきむしった。

別に一生、右手が使えないわけではない。全治三か月か三か月半の診断だ。左手の〈リハビリ〉などに精を出さずともよい。したがって佐伯は、以前もまめというわけではなかったが、生活上の手抜きをするようになった。つっかぶらなければならないセーターやトレーナーは着ずに、カーディガン・タイプのものをはおる。右手の袖《そで》の部分は肩に巻きつけ、腰のあたりを紐《ひも》でゆるく縛る。作家になる前から着ていた袖なしの半纏《はんてん》は、一本腕の使えない者にとっては格好の作業着だ。

「いらいらするのは、まったくよくわかります。でも、なぜ人間に、きき腕なんてものがあるんでしょうね。両方使えれば、こんなに便利なことはないのに」

多数派である右ききの秋元が、両手のひらをひらひらさせて言った。

「二十年も前だったらな、俺《おれ》だってこっちの指を思いどおりに動かせたのに」

佐伯は、太くて長い左手の五本の指を見つめた。気のせいか肉が厚く、他人の手のような気がした。

「えっ？　両刀づかいだったんですか？」

「小学校を終えるまでは、左ききだった」

「へーえ。そうなんですか。それが、またどうして……」

秋元がちらりと抱いた好奇心を、佐伯は警戒した。あまり思い出したくないことだった。

「いやあ、田舎だったからね。目立ってしょうがないからって、強制的に矯正されたのさ」

「左ききを忌み嫌う風潮があるとは聞きましたけどね。そうですか。ええっと、佐伯さんは、確か長野県の上田の出身でしたね。ご両親、厳格だったんですか？　でも、中学であらためて右ききに直すというのも……」

秋元には、両親がすでに他界していることだけ伝えてある。

「直されたのは叔父にだよ。生まれたのは上田だけど、小学校六年生のときに両親が事故で死んで、木曽《きそ》の叔父のところに引き取られた。そこで、中学校進学を機に左から右に転向だよ。俺の目の黒いうちは、左手に箸《はし》を持たせないとね」

深刻な雰囲気になりたくなかったので、佐伯はおどけたように言って、首をすくめた。

叔父の佐伯松男《まつお》は、役場に勤めていた。彼を見ていると、人間は親に育てられたようにしか子供を育てられないのだな、と思わせられた。松男の父もまた厳格な人間で、自分で決めた窮屈な規律の中で子供を育てることに生きがいを見出《みいだ》していたという。叔父の家には、佐伯より五つ上の娘がいたが、男の子ははじめてということで張りきっていた。

最初に食卓を囲んだとき、佐伯は叔父の隣りに座らせられた。佐伯は緊張していた。両親をいっぺんに失った衝撃からまだ立ち直れてはいなかった。が、子供心にこれからは誰が家の中心で、権力者であるか、を敏感に感じ取っていた。小さな震える心で、なんとか新しい家族に気に入られようとけなげにふるまっていた。従姉《いとこ》の曜子《ようこ》は、「あたし、いまさら弟なんかいらんでね」と、佐伯の前ではっきり言った。これからの自分とのつき合い方をわきまえるように、と言われたのも同然だった。

座ったのが、叔父の右隣りだった。箸を持った佐伯の左肘が、ゆったりとあぐらをかいて大きく腕を組み、突き出した松男の右肘に当たった。

「郁弥、おまえは左ききか?」

松男は素《す》っ頓狂《とんきょう》な声を上げると、佐伯の箸を叩《たた》き落とした。体格がよく、えらの張った顔だちの松男は、道ですれ違っただけで身体《からだ》がすくむような威圧感があった。

「いいな。これからは、家ではもちろん、学校でも、行き帰りでも、左手を使っちゃいかん。世の中、右手で箸を持ったり、帳面を書いたりするようにできとる。そうずら？　これは、おまえのためだでな」

それから、佐伯の悪夢のような〈矯正〉の日々が始まった……。

松男は、学校の先生にも話をつけていたらしかった。左手に鉛筆を持とうとすると、担任に注意された。一学級しかない地元の小さな中学校だ。クラスに左ききの仲間はいなかった。

従姉は、ちくり屋だった。叔父の見ていないところで、左手に歯ブラシを持ち、磨いていたりすると、曜子が父親に言いつけた。すると叔父は飛んで来て、げんこつを与えた。ひどいときは、左手を固く握らせ、米を入れる布袋をかぶせ、ぐるぐる巻きにして使えないようにした。寝ているあいだに、左手の指で鼻をほじくってはいかん、と寝るときもそんなみじめな格好にさせられたこともあった。叔母は、夫の機嫌を損ねぬようにおどおどと暮らしていた。

結局、息の詰まるような監視のもとで、十か月後には、佐伯のきき腕は左から右になった。それでもときには、左手が脳からの誘惑で、動かしたい衝動に逆らえないときがあった。しかし、さらに二か月後。完全な右ききになった。不思議なことに、そのときには、あれほど自由に動かせた左指の機能が衰えていた。さあ、左手で字を書いてみろ、と言われても、みみずの這《は》ったような心もとない字しか書けないレベルに成り下がっていたのだ。

かくして、左ききの佐伯郁弥は、右ききに生まれ変わった。

「なんか、すごく厳しい叔父さんだったみたいですね」

と、秋元がため息をついた。佐伯の顔色から、尋常でない生い立ちの一端を読み取ったらしい。

「でも、そのおかげで、数少ない左きき用のゴルフ・クラブだとか、野球のグローブなんかを探さなくてもよくなったわけですからね。変人叔父さんに感謝、ですよ。……で、これからどうしたらいいか、ですよね」

秋元が、率先して話題を変える。編集者としては、呑《の》み込みの早い、なかなか優秀でつき合いやすい男だ。

「佐伯さんはアウトローだから、作家や大工のような腕を資本とする自由業者向けの、所得保障保険なんかに、当然、入っていないでしょう」

そんなものは聞いたこともない。

「とりあえず、仕事しなくちゃいけませんね」

「ああ。書きたいもので溢《あふ》れている頭が、筆記用具をすべて取り上げられて、破裂しそうになっているのを何とかしたいよ」

「じゃあ、口述筆記しかないですね」

「口述？」

「いま、忙しい作家は、みんなやっていますよ。テープに吹き込んで、秘書に起こしてもらうんですよ」

「秘書なんていないよ、俺は」

「雇うんですよ。新聞か雑誌に募集広告を出すんです。優秀な女性秘書がきますよ」

「そうか。アシスタントを雇う……か」

それしかないな、と佐伯も思った。佐伯が、脳裏に思いついた文章をテープレコーダーに吹き込み、それをアシスタントがワープロに打ち直す。そして、きれいに打ち出された原稿を、佐伯が推敲《すいこう》する。口述ゆえの矛盾点や言い回しを直すのである。

「しかしなあ、俺のような粗暴な小説を書くむさ苦しい男のところに、応募してくる女性がいるだろうか。女の愛読者がいるとは思えないけどな」

「それは謙遜《けんそん》でしょう。佐伯郁弥といえば、文壇で一、二を争う美男子でしょう。なになに、女性ファンだっていっぱいいますよ」

「小説の中で、女をあんなふうに扱ってもか？　好きな男のために命を投げ出すような女」

——あんな女、いまどきいるわけないでしょう。と、ある女性編集者が陰で嫌悪感を剝《む》き出しに言っていたのを耳に挟んでいた。

「現実に自分ができないから、想像の世界の中ではしてみたいと望むのでしょう。とことん冷たくされたい、それに耐える自分が愛《いと》しい。また冷たくする男にも魅力を感じる。そんなマゾ的な感覚を楽しむ読み方だってあると思いますよ」

冷徹な男、非情な男。——佐伯が好んで小説に登場させる男は、自分自身の姿だった。佐伯は自分を、冷たい男だと思っている。心に熱を持たないように心がけている男だと。

叔父から与えられた一種の〈拷問〉が、成長期の彼の心に深い傷を負わせたのは間違いない。当時にためこんだストレスを、佐伯は心のどこかで、いつか発散させてやると唇をかみしめて耐えていた。

もともと成績がよかった佐伯なのに、新しい中学校での最初のつまずきから、勉強に身が入らなくなった。それもそうだろう。〈矯正〉に気をとられて、授業中、ノートもろくろくとれなかったのだから。一年間の遅れは大きかった。結局、その遅れが響き、高校は行きたかった普通高校ではなく、レベルの低い不本意な工業高校へ進学した。叔父は、「卒業したら、すぐに地元で働け」と言い、建築関係の就職先まで用意していた。

それを蹴《け》って、佐伯は卒業と同時に家を飛び出した。高校の先輩を頼って上京し、アルバイトを紹介してもらった。住むところと働くところがあれば、あとは何とかなった。

　両親が亡くなるまで、一人っ子として大事に育てられ、平凡な幸せの中にいた佐伯であった。将来は、中学校の教師をしていた父親のように、生徒に親しまれるような教師になりたいという夢も、いちおう持っていた。

　それが、叔父が考え出した拷問に近い〈矯正〉のせいで、将来の進路の変更を余儀なくされた。中学以降の人生を、叔父が無理やりねじ曲げたようなものだ。佐伯の両親は、息子の左ききについて、何も問題にしていなかったのに。それも、個性の一つだと寛大な目で見ていてくれた。佐伯の左ききを直そうとする叔父の執念はすさまじかった。最後には、そうすることに、動物を調教するようなサディスチックな喜びを感じていたかのようだった。

　すさまじいストレスを抱え込んだ生活での、唯一の楽しみは、想像の世界に逃げることであった。佐伯は、叔父への復讐《ふくしゅう》の仕方をあれこれと考えた。虐げられる者と虐げる者を設定し、ありとあらゆる残酷な方法で苛《いじ》められてから、しかるのちにそれを上回る凄惨《せいさん》なやり口で復讐をし返す。想像し、ノートに書いた。それも右手で。そして、叔父に読まれないように、書いたあとはノートを破り、燃やして捨てた。

　彼の小説家としての才能は、そのころに芽生えたのだろう。

デビューしたときに本名を使ったのは、それが親からもらった名前だったからである。大切にしたかった。

復讐など考えるまでもなく、佐伯が家を飛び出して三年目に、叔父は脳溢血《のういっけつ》で倒れて半年後に死んだ。叔父が消えても、記憶の中にはまだすみ着いていた。あの〈調教〉するときの喜びに満ち溢れた目の輝きは忘れられない。

作家になるためのエネルギーは、すべて叔父が与えてくれたものかもしれない、といまでは思う。

「大丈夫ですよ。いい秘書が見つかりますよ、きっと」

叔父のことを思い出していて、表情が暗かったのだろう。佐伯を安心させるように、秋元が明るく言った。

3

彼が出した新聞広告に対し、二十一人もの応募があった。男性が一人いたが、履歴書を見たら〈作家志望〉とあったので、ぎょっとして落とした。

書類選考で六人に絞った。写真写りがいいのと、資格欄が充実している者を選び出した。

高岡由美《たかおかゆみ》は、資格欄が充実している方であった。日本語ワープロ検定一級の資格を持ち、作業療法士という聞き慣れない資格のあとに、普通免許も並んでいた。

つい先日、八王子《はちおうじ》市内の福祉センターを辞めている。

写真写りも悪くはない。といっても、彼女より美人はたくさんいた。が、アシスタントが美人すぎるのも、と佐伯が警戒したのだ。よからぬ噂《うわさ》をすぐに立てられる。第一、仕事に身が入らないのでは困る。

「作業療法士ってのは、どんなことをするんですか？」

高岡由美とは、書類をもらった二日後に会った。四人目の面接だった。

「簡単に言えば、リハビリです」

「リハビリ？」

右手の機能を一時的に失ったことで、佐伯はその方面に関心を持っていた。

「肉体的、精神的に障害を負った人の、心身機能の回復を援助する仕事です。たとえば、指先を使って編み物をやらせたり、木彫りなどの工作をさせたりします」

「事故で怪我をした人なんかも？」

「ええ、いますよ。赤ちゃんからお年寄りまで、あらゆる人が対象です」

高岡由美は、涼やかな一重の目で佐伯の右腕をちらりと見て、はきはきと言う。そういう仕事についていたせいだろう。少々のことでは動じないような意志の強さを感じさせ、高級品ではなさそうだが服装に清潔感が漂っている。

前に面接した三人のうち二人は、家事手伝いで、生活の心配のなさそうなお嬢さまだった。本が好きだから作家の秘書でも、と思って応募してきたらしい。やはり、佐伯の本など読んだことはないらしかった。もう一人は、佐伯のファンだとうわずった声で言ったが、少し突っ込んで話してみると、本当に好きなのはもっと著名なハードボイルド作家のようだった。そんなことはどうでもよかったが、彼女の化粧の濃さとブランド品で固めた身なりが鼻について、ご遠慮願おうと決めた。

「八王子の福祉センターでも、いろんな人のリハビリの手伝いを？」

「はい」

「どうしてそこを辞めたんですか？　あなたには、そういう仕事、天職のように見えるけど」

面接のたびに同じことを聞くのに飽き始めていた佐伯は、珍しい話を聞けることに心が弾んでいた。

「こういう仕事は、慢性的に人手不足なんです。やりがいもあります。でも、ほんのちょっと立ち止まって考える時間が欲しかったんです。人間って、疲れたら、人にきつく当たりがちになりますよね。優しさを忘れる。わたしも、自分にそんな危険信号を感じたので、少し違った仕事をしてみる気になったんです。大学病院で教授の秘書をしていたこともありますし」

そのことは、経歴に書いてあった。二十九歳。都内の私立女子大学の福祉学科を出て、すぐに大学病院に勤めている。より資格を生かすためと、もともと彼女の持っている献身的な性格がそうさせたのか、二年後に福祉センターに職場を替わっている。

「それに、わたし、もともと、佐伯先生の本が好きなんです。先生の本は、ほとんど読んでいます」

先だけゆるやかにパーマのかかった肩までの髪を、そっと撫《な》でて、彼女は恥ずかしそうに言った。

「僕の？」

佐伯は驚いた。おとなしい彼女のイメージと自分の小説とが結びつかなかったのだ。

「し、しかし、僕の小説なんて、なんていうか、その……女性にはハードすぎる凄《すご》いシーンがたくさんあって……」おかしなほどしどろもどろになる。

「佐伯先生は、女性の怖さを描こうとしていらっしゃる。違いますか？」

「えっ？」背筋がビクッとなった。

「静かに耐える女。ヤクザに白魚のようなきれいな指を一本切り落とされても、愛する男を守ろうとする女。そんな凄惨な拷問に耐えられるほど、一人の男を愛してみたい。そう思わない女はいないと思います」

確かに、佐伯は、そういう女をたくさん小説に登場させている。「このあとは読みンやらを……。

「耐える怖さって、わたし、人を暴力で従わせるような攻撃的な怖さより、ずっと静かで恐ろしいと思うんです。耐える人たちをたくさん見てきて、そう感じました」

そう言って、高岡由美は、視線をテーブルに落とした。そのとき、どこかで見たことのある表情だ、と思った。そう……あの、遠山恭子《とおやまきょうこ》がときおり佐伯に見せた表情だ。何かを悟ったとき、覚悟したときにした表情。あれに似ている。

「運転は？　免許は持っているとあるけれど」

遠山恭子とは、顔だちそのものは似ていなかった。恭子の面影が彼女の顔にダブるのを追い払うように、佐伯は違う質問をした。取材にもつき合って欲しいので、佐伯の車を操る技術は必要だ。面接したうちの一人は、ペーパー・ドライバーだった。

「仕事場にはときどき車で通うこともありました。足の悪い人を乗せたりしましたから。わたし、お酒は飲みませんし、いつでも運転できるんです」

佐伯の気持ちは、残る二人の面接を取り止《とや》めて、彼女を採用する側に傾いていた。看護師のような資質がある人間の方が、怪我をした人間の扱いにも慣れているだろう。佐伯のファンというのも、うそではなさそうだ。ファンでないよりファンであった方が、素直に嬉《うれ》しいものだ。

「だけど、いいのかな。期間は、三、四か月程度だけど」

「佐伯先生の怪我が治るまで、右手が使えるまで、ということですね」

先生という呼び名も、すでに板についてい聞こえた。

「うん、そういうわけ。でも、まあ、資料集めやらほかのこともしてもらうから、そのときになって、延長することはあると思うけど」

アシスタント付きの作家、という状態が快適になればの話だ。

「よかったら、そちらの……左手の機能も回復してさしあげましょうか」

「えっ？」

「人間には本来、両手が同じように使える能力が備わっている。そういう説もあるんですよ。リハビリは、わたしの専門ですから」

彼女の声に自信がこめられた。

「左手で、箱庭を作らせたり、工芸品を作らせたりするわけ？」

「まさか」

彼女はくすっと笑う。あどけない表情が、目元に広がった。一重なので日本人形のような、控えめな微笑だ。そこが、遠山恭子に似ているのだ、と佐伯はわかった。遠山恭子は、目がぱっちりと大きく顔の造作の大きな女だったが、その大きな口を決して大きく開けて笑ったりはしなかった。表情を意識してコントロールしているような女。それが遠山恭子だったが、高岡由美の控えめな雰囲気は、自然なものだろう。

「いいよ。左手で、ものを書けるようになりたいとは思わない。訓練がつらいからじゃなくて……」

言いかけて、佐伯は迷った。あの恐怖をふたたび味わいたくないから……という言葉を、初対面の彼女に言うことはできない。

――このまま一生、右手が動かないかもしれない。左手で何もかもしなければいけない羽目になったら……。それがこの女が俺に与えた罰なのか。復讐の仕方なのか。

そう思ったときの、背筋を這い上った悪寒。感覚がすっかり麻痺《まひ》した右手を他人の手のように見つめながら、必死に左手で彼女の頭を押しのけ、左手の指を震わせながらブリーフを穿《は》き、左手でシャツのボタンをもどかしい思いではめた、あの恐怖……。

あのとき彼女は、佐伯の右腕を枕《まくら》にして死んでいたのだ。

「ただ面倒なだけだよ」佐伯は笑った。

「募集のところに、『運転免許要』とあったので、運転させられるのではないかな、とは思っていましたけど、まさかそういうお怪我だとは思いませんでした」

彼女は、あらためて佐伯の首から吊《つ》った右腕を見た。

「『右手負傷のため、当方仕事にならず。右手代わりの秘書募集』とは書けないからね」

「左ききならよかったのに」

「そう思うよ。二十年も前だったら、と……」

ハッとして佐伯は口をつぐんだ。秋元にした話を、また彼女にするのは気が重い。左手にまつわる嫌な記憶がふたたび引き出される。

「二十年も前って？」

「いや、何でもない」

＊

「あなたの方の都合がつき次第、明日からでも来て欲しい」と、その場で採用の意思を伝え、やや面喰《めんく》らったが素直に「ありがとうございます」と言った彼女を帰したあと、佐伯はもう一度彼女の履歴書を見てみた。

そして、気がついた。『高岡由美』という名前は、字の形として左右対称である。彼女に惹《ひ》かれたのは、作業療法士という資格が適切だったせいもあるが、右手の機能を失い、肉体的に左右のバランスを崩している彼が、無意識にその名前の形の美しさに魅せられたためもあるのではないか。そう思って見ると、ほかの応募者の中に、まったく左右対称の名前はなかった。

だが、そんなことは偶然かもしれない、と思い直した。俺は単純に、ただ仕事がしたいのだ。そう思った。

4

手を動かさずに小説を書くのは、俺には向いていないだろう。そんなふうに悲観的に考えていたものの、やり出したらテープに文章を吹き込むやり方は、さほど難しくはなかった。

人間は、頭の中で文章を組み立てるものだなあ、とあたりまえのことを実感した。ただ、それを声に出さないだけだ。調子が出ると、しゃべるリズムも滑《なめ》らかになった。

アシスタントとしての高岡由美は、思った以上に有能だった。いちばんよかったのは、無駄口を叩かないことだった。前夜、佐伯が吹き込んでおいたテープを、軽快なタッチでワープロに打ち込んでいく。テープが済めば、次に佐伯が呼ぶまで、指示しておいた資料整理に黙って移行する。

2LDKのマンションである。仕事する部屋がそれぞれ個室という間取りも互いを意識しすぎずに能率的に進めるのに役立った。

彼女には、土、日を除く九時半から五時半まで来てもらうことにした。

初日、昼どきになって「コンビニで何でもいい。弁当買って来てくれないか」と千円札を渡したら、「あら、どうせ夜もそうなのでしょう？　健康にはよくありませんよ。せめてお昼くらい、わたしがお弁当を作って来ます」と言った。彼女は、荻窪《おぎくぼ》のアパートで一人暮らしをしていて、大久保《おおくぼ》の佐伯のマンションまで通って来る。つつましやかな暮らしぶりのようで、初日から当然のように弁当持参で来た。「いいよ、そこまでは」と遠慮した佐伯に、「ついでですから」と遠慮がちな微笑とともに言った。

翌日から、昼は、彼女の手作り弁当になった。うまかったが、それほど凝った惣菜《そうざい》が入っているわけでもなく、言葉どおりついでに作った感じのもので、佐伯は負担に感じなくてすみホッとした。彼女なりの配慮も感じられた。片手でつまみやすい握り飯と、フォークで食べやすい惣菜ばかりであった。

三日目には、「福祉センターで、障害者用に使っていたものです。よかったら使ってください」と、やはり遠慮がちにデパートの紙袋を差し出した。見ると、デニムの生地でできた作務衣《さむえ》のような仕立ての衣類が入っている。着物のように前身頃を合わせ、マジックテープで止める上着と、腰がゴム紐の揃《そろ》いのズボン。

「手の不自由な人のために、ボタンやファスナーを省いた服です。右の袖は、肘のところまで縫い上げて、開けるようにしてあります」

「悪いね。こんな気づかいまでしてもらって」

「いいんです。そういう知識、ありますから」

とはいっても、その服は生地が新しかった。身体障害者用に衣類を作っている業者から買い求めたのだろうか。それとも、彼女の手作りか。しかし、佐伯は、喜んでもらっておいた。高価なブランドのネクタイをもらったわけではない。あくまでも〈リハビリ〉用の服なのだ。女性からもらうにしても、一時的な特殊なものという安心感があった。それに、高岡由美は、作業療法士なのだから、特技を生かしてもらったほうがいいと思った。

近くの病院に通院しながらも、五日間で五十枚の短編一つ仕上がってしまった。

「手を使わなくても小説が書けるなんて、凄いことだな。我ながら感心した」

翌週の月曜日、原稿を編集者に渡し、ひと息ついて佐伯は言った。

「テープにひとりごとを言ったら、それが活字になって打ち出されるようにでもなれば、素晴らしいでしょうね」

高岡由美も、やや緊張から解き放たれた声で言う。「そのうち、思いついただけで勝手に文章になってしまったりするんじゃないかしら」

「そうなったら……怖いだろう。それは機械に心の中を読まれるのと一緒だよ」

「そうでしょうか。思うのと書くのと、そう違わない気がしますけど」

珍しく彼女は言い返す。

「違うよ。絶対に……違う。……ああ、僕がコーヒーをいれよう。これでも、左手でいれられるくらいには上達したから。インスタントじゃないよ」

アシスタントと言い合うのも嫌なので、佐伯はキッチンに立った。

ドリップ式のコーヒーを左手でいれる。ペーパーを用意し、粉をスプーンに三杯量り入れ、やかんから湯を注ぐ。

「あっ！」

手元が狂い、湯がペーパーの端を濡らし、粉と一緒にテーブルにこぼれた。

「大丈夫ですか？　わたしがやりましょうか」

高岡由美が駆け寄って来た。

「ちょっと手元が……。やっぱり交替してくれ」

佐伯はやかんをテーブルに置き、ダイニング・チェアに座った。こめかみを押さえる。

「どうしたんですか、先生」

「急に頭が痛くなった。締めつけられるようだ」

まだ頭痛は去らない。人差し指でこめかみをマッサージし続けた。

「それは、肩こりからきているんです」

高岡由美は、断定的に言った。

「肩こり？」佐伯は顔を上げた。

「ふだん使い慣れない左手だけを、集中的に使っているからです。身体のバランスが崩れているんですよ。どちらかの腕を怪我した場合、そういうケースは多いんです。先生は、左手の訓練も特にしていらっしゃらないし」

「なるほど、そうか」

言われてみれば、どちらの肩のつけ根も熱をもって固い。

「マッサージしてさしあげましょうか」

「えっ？」

驚いた佐伯が返事をする前に、高岡由美は後ろに立ち、そのしなやかな指を小刻みに動かしていた。きゃしゃな身体つきからは想像もできないほど、指の力が強い。

「凄くこっています。ほら、ここのところなんかひどいわ」

右の首筋を、三本の指に力をこめながら、揉《も》みあげていく。

「左手の疲れが身体の右に出るんですよ。わたし、マッサージのことも少しかじったことがあるんです」

そう言うだけのことはあって、彼女のマッサージはひどくうまかった。思わず「ああ、気持ちいい。眠ってしまいそうだ」と、声が漏れた。

「眠ってもいいですよ」

「えっ？」

「お疲れになっているんでしょう。眠ってもいいですよ」

佐伯は、弾かれたように彼女の手をのけると、立ち上がった。

「どうなさったんですか？」

高岡由美は、戸惑ったように形のいい眉《まゆ》を寄せる。

「あ、ああ、すまん。眠ってしまいそうだったから。いけない、いけない、と思ってね。わかるだろ？　寝てなんかいられないんだよ。書き下ろしがほったらかしになっててね」

佐伯は、とりつくろうように言うと、隣りの仕事部屋に入った。

「本当に、少しお休みになった方がいいと思いますけど」

コーヒーの入ったマグカップを机に載せ、彼女は自室に下がった。

一人になり、佐伯はテープレコーダーのスイッチを押した。

「『眠たいわ』と、ゆかりは頭を亀岡の肩に載せた。ゆかりの髪が鼻をくすぐり――」

そこまで吹き込んでやめた。リクライニングのできる背もたれに、もたれかかる。

調子が出ない。小説のセリフが、さっきの高岡由美の言葉を思い出させる。そして、高岡由美の言葉は、四年前の遠山恭子の言葉を連想させるのだ。

――「眠いな」と言った佐伯に、あのとき遠山恭子は、「眠ってもいいですよ」と言った。襲ってきた睡魔は、酒と疲れのせいだと思っていたが、あとで睡眠薬によるものだとわかった。ふっと目覚めたとき、右腕に違和感を覚えた。鈍い重さと奇妙な冷たさを感じた。見ると、佐伯の右腕を腕枕にして、遠山恭子が眠っていた。いや、眠っていたと思ったのは最初だけで、実は彼女は死んでいた。自殺していたのだ……。

人の気配を感じて、身体を起こした。入口に高岡由美が立っている。

「どうした?」

清書する原稿ができるまで、新聞記事の切り抜きを頼んでおいたはずである。小説の参考にしようと、いくつかの事件の続報を追っている。

「新聞、チェックしていたら、気分が沈んでしまうような記事があったもので」

彼女はしんみりとした口調で言い、几帳面《きちょうめん》に切り抜いた小さな記事を佐伯に手渡した。

『二十歳の母親、自宅に愛児を置き去り、餓死させる』という記事だった。

「その若い母親は、自宅に二歳の女の子を残したまま、十日もボーイフレンドのところに入り浸っていたんですって。でも、やっぱり子供のことは気になったのね。何度か、自宅のそばまで行ってみたようです。だけど、もう死んでいるかもしれない、と思うと、怖くなってどうしてもドアを開けられなかったんですって。結局、彼女のホステス仲間が、仕事に来ないのを心配してマンションを見に行き、ゴミの山に埋もれた茶色い皮膚をしたちっちゃな女の子を発見したんです。最初は、ボロ人形だと思ったそうです。発見されるまで十日。まだ二歳の子です。水道の水も飲めなければ、冷蔵庫のドアも開けられない。どんなにか苦しんだことでしょう。死ぬまで、どんな思いでいたことか。お母さんを恨んだでしょうか。いえ、理由など何も思いつかず、ただただおなかを空かせて死んでいったのでしょうか。それを思うと、可哀相でわたし……」

高岡由美は、声を詰まらせた。声を出さない、こちらも控えめな泣き方だった。

「でも、死ぬ瞬間、この子は気づいたのかもしれませんね。自分は、この世でいちばん愛する人に置き去りにされたのだって」

そう言って、高岡由美は涙で潤んだ目をまっすぐ佐伯に向けた。気のせいか、瞳《ひとみ》の奥に強い光が宿っていた。

「君は、どういうつもりでこれを……」

「すみません」

彼女は、湊を一つすすり上げると、佐伯の手からその切り抜きを奪い取った。

「よけいなことをして。わたし、こういう話に弱いんです。ニュースで聞いたときも胸が押しつぶされるような話だと思ったけど、新聞の整理をしていたら、また新たに怒りと悲しみがこみ上げてきてしまって。すみません」

ぺこんと頭を下げ、彼女は戻って行った。

5

——この世でいちばん愛する人に置き去りにされた。

高岡由美の言葉が頭から離れず、佐伯はその夜、ウイスキーを一人であおった。

高岡由美が、まさかあの事実を知っているはずがない。死んだ恭子には姉妹はいなかった。それとも、恭子の友達だろうか。しかし、恭子は、そのエキセントリックな性格のために友達ができない人間だった。彼女に、高岡由美という友達がいた記憶もない。

——だが、ユミという名前なら聞いたかもしれんぞ。

ふたたびこめかみのあたりに鈍痛が生じた。それを佐伯は、酒で紛らわせようとした。酔いで混乱する頭で、佐伯は必死に思い出そうとした。

「わたし、佐伯さんの子供を産みたい」

と、唐突に恭子が言ったことがあった。それを聞いて佐伯はびっくりした。なぜなら、恭子の口から子供という言葉が出たことがなかったからだ。

恭子は薬剤師ではなかったが、町の薬剤店に勤めていた。大柄で、白衣を着ても大きな尻の丸みがくっきり浮き出て、それに佐伯の目がとまった。身体全体がぽってりとし、どこか愚鈍そうな印象を受けた。そこが、肉感的で抱いてみたい気にさせた。気軽な気持ちで声をかけただけだが、恭子の方は「あなたに声をかけさせようと念じていたのよ」などと、二人の出会いが自分の力によるもののような言い方をした。「女の子がいいな。名前はそう、ユから始まるのがいい。ユカとかユカリとか。平凡だけど、ユミってのもいいし、ユミコもいいわ」と、勝手にそんな願望を口にしていた。

恭子は占い好きで、死後の世界や輪廻《りんね》などを本気で信じているところがあった。「あなたの才能は、ものを書くことによって開花すると出ているわ」はじめてのデートで手相を見て言われ、佐伯は恭子が持つ予知能力にかけてみる気になった。応募原稿をせっせと書いていたときだったからだ。

受賞が決まって、彼女に礼を言いがてら、二人で祝杯を挙げた。あとで考えると、恭子に感謝する必要などなかったのだ。受賞は、佐伯の実力であった。しかし、彼女との出会いが受賞を決定した気がして、彼女への思い入れを深くしてしまった。

それからの恭子は、「わたしがいれば、あなたは作家として大成する」と言い続けた。それも無表情な顔つきで、自信たっぷりに。佐伯がほんの少しでも、将来への不安を口にすると、ベッドの中でも、「大丈夫。わたしがいる限り、あなたは大成する。

そう占いに出ているんだから」と、足をからめて思いきりしがみつきながら、鼻にかかった声でささやいた。といって、具体的に何か助言をするそぶりはなかった。ただただ、自分がそばにいれば、と言うだけだった。裏返せば、彼女の方が一生、佐伯のそばにいたかったのだ。

「ねえ、わたしってね、占いによれば、肉親の情に恵まれない幸薄い人間なんですって。でも、人生でたった一人、理解ある人間に恵まれるとも出ているのよ」

そのたった一人の人間が、佐伯だったというわけだ。

佐伯は、恭子がうっとうしくなった。受賞後、すぐに仕事を辞めた彼に何の文句も言わなかったことや、献身的に尽くしてくれることをありがたく思った時期もあったが、彼女の思い込みの激しさや依頼心の強さ、しつこさが鼻についてきて、疎ましく思うようになった。

「今晩も来て。食事を作って待っているから」と、彼女に執筆の時間を奪われるのもたまらなかった。佐伯郁弥は、ハードボイルドで売り出した作家である。まだ若い。女遊びも小説の肥やしとしてしたい。「わたしがいれば……」が口癖の恭子である。ちょっと女遊びをしただけで、嫉妬《しっと》に狂うのは目に見えていた。

「しばらく離れていたいんだけど」

と、ある日、とうとう佐伯は切り出した。「小説だけに専念したいんだ」

「わたし、あなたの邪魔しているかしら」

「そうじゃないけど……いまの時期は、すべてから自由でいたい」

「わたしもあなたを束縛しているものの一つ、そういうことね？」

「いや、何と言うか……一時的に距離を置いて、その……」

「わたしが嫌いになった？」

即答できなかった佐伯が悪かったのかもしれない。早く言えば、佐伯は彼女に飽きていた。大柄で肉感的な身体つきと、表情の乏しさ、占い好きで人間嫌いなところなど、彼女のアンバランスな魅力を面白がる時期を過ぎていたのだ。

このままズルズルと関係を続けていっても、作家の妻にするタイプではないな、と思っていた。面倒なことになるという予感もあったのかもしれない。

「しばらく……別れて欲しい」

そこで、佐伯は本当の気持ちを、作家らしからぬ矛盾を含んだ言葉でぶつけた。

「わかったわ」恭子は、あっさり言った。

佐伯としては最後の酒を飲んだ。彼女から離れるために、頭の中では引っ越しも考えていた。そのうち急に眠くなった。

どれくらい眠ったであろう。気がつくと、右腕に例の冷たく鈍い感覚があった。天井の様子で、彼女の部屋で眠り込んだのだとわかった。彼の右肘の内側が中心にくるように頭を載せて、恭子も寝ていた。のんきに腕枕などさせている。佐伯は、ずうずうしい女だな、とちょっと驚いた。

彼は、もう別れる話をつけた女の頭から右腕を引き抜こうとした。が、動かなかった。

「痺《しび》れちゃったじゃないか。おい、いいかげんに起きろよ」

と、声に怒気を含ませ、彼女の顔をのぞき込んだときだった。

うっ、と佐伯は息を呑んだ。恭子の顔から血の気が失《う》せていた。半開きになった口からは、赤いものが枕がわりの佐伯の腕に、よだれのように垂れていた。白目を剝《む》いた形相は、苦しんだあとを表わしていた。

「うわあっ！」

佐伯は、必死に、感覚を失った右腕を引き抜こうともがいた。左手で彼女の頭を押しのけ、慌ててベッドから逃げ出た。怪しまれない程度に身じたくを整え、自分のいた痕跡《こんせき》を消そうと、グラスを洗って片づけたりしたのも、すべて左手を使ってであった。気ばかり焦り、ズボンひとつ穿《は》くのにもひどく時間がかかった。

そのあいだ、彼の右手はすっかり感覚を失っていた。麻痺しきっていた。

一晩、恭子が自分の右腕を腕枕にしていたせいだ、と思ったが、それだけでこれほど麻痺しているのはおかしい、と震え上がった。

——恭子に、何か薬を打たれたのだ。腕の感覚を麻痺させるような薬を。

恭子は、薬剤店に勤めている。そういう薬にくわしいかもしれない。

別れ話を切り出した佐伯への、あてつけのような自殺の仕方であった。彼には、一生彼を自分へ引き止めておきたかった恭子の屈折した復讐のように思えた。

——なんて恐ろしい女と、俺はつき合っていたんだ。

佐伯は、その場を人に見られずに逃げ出すのに成功した。

家にたどりつくころに、ようやく右手の感覚が戻った。薬を打たれてなどいなかった。単純に、痺れをきらしただけのことだった。

果たして、恭子は自殺として処理されるだろうか。それを思うと不安で、仕事など手につかなかった。

しかし、心配する必要はなかった。翌日の新聞の片隅に、現場から遺書が見つかったことが書かれていた。『現世に未練はありません』という彼女らしい簡単な遺書だったようだ。友達も少なく、身内とも疎遠になっていた恭子であった。誰も、自殺の原因を佐伯だと考え、訪ねて来る者はいなかった。警察も、現場の状況から恋人に捨てられての自殺と考えたかもしれないが、殺人を自殺に偽装したとする根拠も見つからなかったのだろう。実際にそうであったとおり、恭子の死は自殺で片づいた。

恭子は死んだが、恭子の頭の重さと冷たさは、右腕に感覚として残ってしまった。

そして、あのときの腕の麻痺した恐怖の感覚も。

スキー場に突如として現われた女は、遠山恭子ではなかったか。幻影を見たのだとしても、佐伯には恭子以外には考えられなかった。恭子が、佐伯の右腕を骨折させたのだとしたら……。しかし、何のために……？

「わたしがいる限り、大丈夫。あなたは大成するわ」

恭子の声が聞こえた気がして、佐伯は思わず、ウイスキー・グラスをとり落とした。琥珀色《こはくいろ》の液体が、高岡由美がプレゼントしてくれた作務衣のズボンを濡らした。

「ねえ、そうでしょう？」

肩を叩かれて、心臓が飛び跳ねた。振り向くと、恭子がいた。見上げるほど大柄な恭子だ。

「き、恭子……」

「右手を怪我したのね。でも大丈夫。わたしがいる限り……」

「やめてくれ」

佐伯は、自由になる左手で顔を覆った。恭子の顔を見たくはなかった。

「おまえは勝手に死んだんだ。自殺するなんて、そぶりも見せなかったじゃないか。俺を恨んでいるのか？　俺は確かに逃げ出したが、おまえを置き去りにしたわけじゃないんだ」

ベッドの上で青酸カリを飲み、自殺を遂げた恭子を発見したのは、薬剤店の店主であった。その日の夕方、無断欠勤した彼女の様子を見に来て、変わり果てた彼女を発見した。

「うそ。置き去りにしたのよ。わたしは、あなたに腕枕をしてもらって、ずっとずっと眠っていたかったのに。永遠に」

「やめろ！　置き去りにしたんじゃない！」

佐伯は、左手のこぶしを恭子に向かって振り上げた。

気がつくと、右手の包帯の先がほどけていた。その先を恭子が手に取った。するするとほどいていく。包帯がすっかりとれた。

佐伯の右手は、肘関節から先がなかった。

「うわっ、助けてくれ！」

6

「先生、どうなさったんですか？　佐伯先生」

高岡由美の呼ぶ声に、ハッと目が覚めた。

「どうしたんだ、俺は」

顔を上げる。遠山恭子の部屋ではない。自分の部屋が視野に飛び込んできた。

座椅子にもたれて眠り込んでしまったらしい。背中にびっしょり汗をかいていた。

「お飲みになったんですね、昨夜は」

座卓の上のウイスキー・グラスや灰皿を片づけながら、高岡由美は軽く睨《にら》んだ。

「医者にとめられませんでしたか？　腕の傷にお酒はあまりよくないんですよ」

「控えていたんだが、我慢できなくてね」

わがままな人間の扱いには慣れているのだろう。彼女はちらと困った表情を見せただけで、優しい微笑を浮かべて水を運んで来た。

「さあ、どうぞ。酔いをさましてください。仕事詰まっていらっしゃるんでしょう？」

「あの、君……」

水を一口飲み、おそるおそる聞いてみる。「さっき何か変なことを口走っていなかったかな。それに、なぜ君はここに……」

合鍵《あいかぎ》など渡してはいない。

「先生、不用心ですよ。玄関の鍵、かかっていませんでした。それから……別に何もうなされてなどいませんでしたけど。怖い夢でも見たんですか？」

「いや、別に」

〈置き去りにした〉という言葉を彼女に聞かれていないと知って、ホッとした。が、もとはといえば、この高岡由美があんな新聞記事を見せたせいで、忘れようとしていた恭子の夢を見てしまったのだ。

「ちょっと最近、おかしいですね。仕事が忙しい上に、環境が変わって、ストレスがたまっているせいです。交通事故で片足を失った男子高校生を担当したことがありますけど、右足がないとわかったときの彼のショックはもの凄いものでした。泣いたりわめいたりしたあとの三か月間、誰とも口をきこうとしませんでしたね。でも、最後には、新しい現実を受け入れて、前向きに生きようとリハビリに励んでくれましたけど」

高岡由美は、つらい障害に直面した人間たちを何人も見てきたのだろう。冷静な口調で淡々と言う。その小作りの顔を佐伯はまじまじと見つめていた。

「どうかなさいました？　わたしの顔に何かついてます？」

「いや……」

「じゃあ、仕事を始めます。原稿できていますか？」

佐伯が渡したテープを持って、彼女は自室へ引きこもった。

どう見ても、高岡由美の中に、恭子の面影は見出せない。佐伯は、新しいテープをレコーダーにセットしたまま考え込んだ。

輪廻という言葉が、脳裏を占めている。恭子は、生まれ変わりを本気で信じていた。

「私の前世はインド人だったんですって。占いをしていたの。佐伯さんは、中国人。山の中で、粘土をこねて壺《つぼ》を焼いていた職人よ」と、訳のわからないことを言っていた。輪廻を信じていたからこそ、死を恐れなかったのではないか。別人として生まれ変わることを信じていたからこそ。あの遺書も、現世との決別と、新たな誕生をほのめかしていたではないか。

遠山恭子が死んで、高岡由美に生まれ変わったとしたら……。そう思い、バカな、とかぶりを振った。恭子が死んだのはつい四年前だ。時期が合わない。

いや、待てよ、と佐伯は思い直す。死んだ人間の魂が、死にかけていた人の体内に乗り移る、という話を聞いたことがある。自殺した恭子の魂が、同じ時期に瀕死《ひんし》の状態にあった高岡由美へ宿ったとしたら、自分の好きな「ユミ」という名前の女を選んで乗り移ったのではないか。

「先生」

部屋にこもったはずの高岡由美が、ドアのところにひっそりと立っている。

「わたし、考えたんですけど。やっぱり、先生、ちょっとお疲れになっています。このへんで気分転換をして、どこかへ取材に出てみませんか？　先生も最初からそのつもりで、運転のできるアシスタントを募集したのでしょう？」

「あ、ああ」

怪我をしなければ、年が明けて春までに何度か取材旅行に出る気でいた。春から手をつける予定のハードカバーの書き下ろしのための取材だ。その作品にかける意気ごみは、いままで以上であった。

「過去に傷を負った主人公が、しばらく山に閉じこもって炭焼きのように暮らす、という設定なんだが。そうだな、適当な場所を見つけないと」

「過去の傷は、女性につけられたものなんですね？　先生の作品だとそのはずです」

高岡由美も、嬉しそうに言う。

「まあ、そうだが」

「わたし、その小説は、佐伯郁弥の将来を決める大事な小説になる気がします。こんなことを言うのは失礼かもしれませんが、わたしには、先生がまだまだ女の本当の怖さを描ききっていないような気がするんです」

佐伯は、ドキッとして彼女を見た。真剣そのもののまなざしだ。

高岡由美の言うことはもっともだろう、と佐伯は思った。自分はまだ、現実に自分の身に起こったほどの怖さは、活字にはしていない。とてもする気にはなれないのだ。

遠山恭子の、あの無言の抗議。静かな訴え。比類のない復讐。毒を飲んで苦しんだであろうが、愛する男の腕枕から決して頭をはずそうとしなかった強固な意志を持つ女。自殺に気づいたあと、男がどうするかを、死後の世界で冷静に見届けたことだろう。慌てふためいて身じたくをし、逃げ出した男。その後、警察に通報さえしなかった。関係ないふりをし、ある意味で、女を置き去りにした男。痺れをきらしただけの右腕に、必要以上の恐怖を覚えた男を、恭子はあの世であざ笑っていたのかもしれない。

好きな男には指一本触れずに、治癒不可能な傷を与えたのだ。

「本当に、そう思うのか？」

「ええ、すみません。でも……先生に、いい作品を書いて欲しいので」

高岡由美は、澄んだ目を輝かせている。本物のファンとしか見えない表情だ。

「雪道の運転はどう？」

「したことはあります。大丈夫です」

7

「高岡由美の経歴は、あのとおりでしたよ。生まれたのは、福島県喜多方市《きたかた》。その後、父親の転勤で、横浜、川越《かわごえ》と引っ越し、現在も両親と弟は川越に。彼女は、仕事の関係で東京に一人暮らし。過去に交通事故に遭ったり大病を患ったなんて話は、聞いた限りではないようですね。何かあったんですか、あのアシスタントと。おとなしそうないい子じゃないですか」

取材に行くと決めた日の一週間後、秋元がそう報告してくれた。

やっぱり自分の思い過ごしだったのだ、と佐伯は少し安心した。遠山恭子の魂が、瀕死の状態の高岡由美に乗り移ったなどという話はありえないのだ。

二月に入ってすぐに、二泊三日の予定で取材旅行に出かけた。

初日は松本に宿をとり、豊科《とよしな》、穂高《ほたか》と安曇野《あずみの》を巡る。アウトドア生活の達人という設定である。丸太小屋くらい自分で建てる知識はあった方がいいので、市内に在住する家具職人に、あらかじめ取材の申し込みをしておいた。二日目は、白馬《はくば》へ回り、小さな旅館に泊まる。雪道は大丈夫だと高岡由美は言ったが、念のため、土地の人間に案内を頼むつもりでいた。

高岡由美の運転は、うまくもなく下手でもなかった。もう少しスピードを出してもいいのに、と思うくらいの安全スピードを守って、マイペースで運転した。が、それは、助手席の佐伯の右手をかばってのことらしかった。

佐伯は、例の〈置き去り〉の件で高岡由美を警戒する気持ちもあったので、もともと仕事だからそんなつもりはなかったが、宿に泊まるときも男と女の関係を誘うようなスキは見せないようにした。彼が心配するまでもなく、彼女の方は上司の出張につき合う秘書のような、てきぱきとした事務的な態度をとり続けた。酒を控えた食事は、仕事場での昼食の雰囲気とあまり変わりはなかった。

白馬では、秋元の知り合いの元営林署署員に案内を頼んだ。取材はスムーズに進んだ。

三日目。運転席に乗り込んだ高岡由美は、「まだ時間があります。佐伯先生のお生まれは、上田でしたね。そちらの方を回ってみましょうか。行きと帰り、雰囲気が違った方が面白いでしょう」と、楽しげに提案した。

主要道路にはほとんど雪はなく、快適なドライブを楽しむゆとりができた。

「上田を？」

朝起きたときに生じていた頭痛が、少し強さを増した。東京とは違う寒さゆえか、右腕の傷もぎしぎし痛む。

「あまり気が進まないな」

「あら、どうしてですか？」

「いや……あんまりいい思い出がないんでね」

「たとえばどんな思い出ですか？」

助手席に振り向けた高岡由美の顔は、好奇な表情に満ちていた。

「どんなって……いろいろだよ」

「じゃあ、上田には最近行かれていないんですか？」

「ああ、全然」

そう言って、あらためて佐伯は胸をつかれた。木曽の叔父に引き取られて以来、一度も上田には行っていない。いや、近づいたことさえないのだ。秋元に誘われたときも、「違うところにしてくれ」と、とっさに口をついて出てしまった。

「まあね、生まれたのは上田だけど、中学からは木曽だったし。実家がないので、懐かしい気がしないというか」

「そうでしょうか。実は、ある思い出と向き合うのが怖くて行かないのではないですか？」

高岡由美は、最後の言葉をかき消すようにエンジンをかけた。

「頭痛がする。寄り道しないで早く帰ろう。また肩こりがひどくなったのかもしれん」

「肩こりではないかもしれませんよ。人間は、無意識に嫌なことを避けようとするときなどに、身体に変調をきたすようです。リハビリをしたくないので、腹痛を起こしたり、頭が痛くなったりする人がよくいました」

「おいおい。僕も、無意識に何か嫌なことを避けようとしていると言うのかい？」

「違いますか？　生まれ故郷を避けようとなさっている。わたしはただ、佐伯先生がどんなところで生まれたのか、車で通ってみたいと言っているだけなのに。ねっ、いいですね、先生。先生が渋っているのを見たら、なんだかよけい通ってみたくなっちゃったわ」

「通るだけなら」

諦めて佐伯は、シートにもたれかかった。自分でもなぜ、生まれた場所を避けようという気持ちが働くのか、理由はわからない。だが、小学校六年まで両親と平和に暮らした場所である。両親が交通事故に遭ったのは、市内ではなく、旅行先の仙台であったから、直接的な嫌な思い出の場所は、上田ではないはずである。しかし、仙台には取材や旅行で何度か訪れているが、胸をざわつかせるような不安な気持ちは、一度も生じなかった。

「ねえ、先生。わたし、誰かに似ていると思いませんか？」

長野へ向かう国道へ入ったところで、高岡由美が聞いた。

「誰かって？」

佐伯は、生唾《なまつば》を呑み込んで彼女の横顔を見た。

「何とかいう女優に似ているんですって。友達に言われました。でも、あまり有名な女優じゃないみたいですけど」

「そう」

高岡由美の表情は、ただの世間話をしているようにしか見えない。彼女が万が一、あの恐ろしい女、遠山恭子の生まれ変わりだとしたら、この三日間に、自分を〈置き去り〉にした薄情な男である佐伯に、復讐のためにとっくに何かをしかけていたはずである。それなのに夜も、佐伯の部屋のドアを叩いたりはしなかった。仕事場を出るときに、彼女はコーヒーを作ってポットに入れた。それを車の中で飲んでも――一応警戒はしたが――、何ともなかった。

「ああ、コーヒーお飲みになりますか？　旅館で作ってもらって来たんです」

高岡由美が、路肩に車を停めた。

「そうだな。眠気覚ましに飲もう」

佐伯は、警戒心を保つ意味で飲もうと思った。

高岡由美が、後部座席からレジャー用のポットを取る。彼女が紙コップに注いでくれたコーヒーを、佐伯は飲んだ。身体が暖まった。

「わたし、こういう人間を見たことがあるんですよ」

しばらく走って、高岡由美は言った。

「右腕を失った人間です。わたしが左手の機能を回復させるための訓練を受け持ったのですが、しばらくすると彼は、ひどく頭痛がすると言い出したんです。わたしは肩こりだと思って、心配することはないと言いました。ところがどんどん頭痛はひどくなり、ある日ついに彼は、『僕の右腕を返してくれ！』と叫んだまま、口を閉ざしてしまいました。カウンセリングの結果、左手を使うようになって、過去の左手にまつわる嫌な記憶を思い出したからだということがわかったんです。つまり、封じ込められていた左手の記憶が、訓練によって引き出されたんですね。彼は、小さい頃にふとしたことでオナニーを覚えました。それは左手によってだったんです。左手によって、そういう感覚が自分にもたらされる、と思い込んだんですね。ところが、何度かしているうちに母親に見つかってしまった。ひどく叱《しか》られ、父親からも折檻《せっかん》を受けた。幼い彼には、ひどい心の傷となって残ったんでしょう。オナニーという行為はやめたものの、彼は無意識のうちに、左手は忌み嫌うものと決めつけてしまったんです。それが、おとなになって左手しか使えない状況になり、指を動かしているうちに、忘れていたはずの記憶をどんどん呼び覚ましてしまった。ねえ、先生。この話って、小説に使えませんか？」

「え？　あ、ああ」

この胸騒ぎは何だろう。何かを思い出しそうだが、思い出せない。佐伯は、脈打つ胸に左手を強く押し当てていた。一生懸命考えようとするが、思考能力が鈍っている。ひどく眠い。

「先生、眠ってもいいですよ」

8

「ここはどこだ」

あたりが薄暗い。恐ろしいほど静かだ。手足が氷のように冷たい。

ここは外だ、と気づいてハッとした。

——俺は、雪の上に寝ているのだ。

起き上がろうとしたが、後ろに伸びきった左手が動かない。どうしたんだ……。

顎《あご》をしゃくり、頭を左手の方へそらせる。

左手首にきつくロープが巻かれ、その先がすぐ近くの大木の枝につながれているらしいとわかった。背筋力を思いきり使って、上半身を起こそうとした。だが、ロープが短すぎて、起こしきれない。左腕を後方に引っ張られた格好で木につながれているのは、ひどくみじめでつらい。

高岡由美の仕業に違いない。車の中で飲んだあのコーヒーに、睡眠薬が入っていたようだ。

——あれは、遠山恭子などではなかった。

いま、佐伯の脳裏には、一人の少女の輪郭《りんかく》が鮮やかに浮かび上がっていた。あの少女が『高岡由美』という名前だったとは知らなかった。

おかっぱの髪型で、白いワンピースを着た十歳くらいの少女。

――そうか。彼女だったのか……。

あれは、叔父の家に引き取られた年の夏休みであった。両親を失った佐伯は、実家の整理をするからと叔父夫婦に連れられて、上田に行った。実際は、実家の土地屋敷を不動産屋に売り飛ばす話をつけに行ったのだ。おとな同士の話は長引き、佐伯は、不動産屋の裏手の広い空き地で、地面に落書きをしながら待っていた。

女の子が来た。小学校三、四年くらいの小柄な子だった。おかっぱ頭で、真っ白いワンピースを着て、都会的な雰囲気がした。

「何してんの?」女の子は話しかけてきた。「あなた、ここの子? わたし、親戚の家に遊びに来ているの」と。そして、地面に右手で書いた佐伯の字を見て、「下手ね」と言った。彼は、叔父から厳しい〈矯正〉の訓練を受け始めた頃で、いらいらしていた。「弟より下手ね」さらに女の子は言った。「うるさい」と、彼は言い返した。だが、本当は左ききだから下手だって仕方がないじゃないか、とは言い訳しなかった。彼なりのプライドがあったのだ。

空き地には、いろいろなものが捨ててあった。ドラム缶や古タイヤや冷蔵庫など。冷蔵庫のドアは開いていた。佐伯は、女の子を無視し、冷蔵庫に入ったり出たりを繰り返した。女の子が来て、「わたしも入る」と言った。「入れば」と彼は、そっけなく言った。

女の子が、古いが大型の冷蔵庫に入る。そのとき、佐伯の左手がうずいた。叔父にきき腕としての使用を禁じられている左手が。

——閉めてしまえ。

と、佐伯の中の悪魔がささやいた。叔父に抑圧された心が、反抗したがっていた。なぜ、その矛先《ほこさき》が女の子に向いてしまったのか。事情も知らずにひとこと「下手ね」と言った彼女の無神経さに対しての怒りだったのか。

佐伯は、左手をドアに伸ばした。指先が震えた。もう少しだ、閉めてしまえ。そして、彼はバタンとドアを閉めた。左手で……。

閉めてしまっても、あとでそのことをおとなに伝え、開けてもらえばよかったのだ。が、佐伯はそうしなかった。ほったらかしにしてしまったのだ。というのも、その直後、呼びに来た叔父のところへ駆けて行った佐伯は、石ころにつまずいてころび、脳《のう》震盪《しんとう》を起こした。意識が戻ったのが、半日後だったのである。

半日もたってから、冷蔵庫に閉じ込めた女の子のことを言うことはできなかった。叔父がどんなに激怒するか。もしかしたら家を追い出されるかもしれない。そう思うと怖くて、言い出せなかった。

要するに佐伯は、あの女の子を冷蔵庫の中に〈置き去り〉にしてしまったのである。あの子は死んだかもしれない。死んだとしたら、佐伯の責任だ。佐伯が殺したのだ。そう認めたくなくて、彼の心は防御した。その記憶を、左手とともに心の奥の引き出しへ封じ込めてしまったのだ。

その封印された記憶が、右手を負傷し、左手だけを使う日常によって、徐々に引き出されてきた。

——スキー場に現われた女は、実は、少女時代の高岡由美だったのか。〈置き去り〉にされた女は、遠山恭子だけではない、わたしもあなたにそうされたのよ。そう訴えたかったのだろう。

——高岡由美は、自分がそうされたように、俺を〈置き去り〉にしたかったのだ。

佐伯は、ようやくそのことに気づいた。

——俺は、このままここにほうっておかれるのだろうか。怪我をした右手ではロープはほどけない。ここで凍え死ぬのだろうか。

あたりはどんどん暗くなってくる。雪が舞い落ちてきた。

——いや、彼女は助けに来るだろう。俺のファンだと言ったあの澄んだ目は本物だった。俺のために、食べやすい弁当や着やすい服を作ってくれたじゃないか。そんな優しい彼女が俺を置き去りにするはずがない。

しかし、時間はどんどんたっていく。

感覚が麻痺し始めた左手の指をかすかに動かしてみる。そして彼は思った。結局、高岡由美は冷蔵庫から逃げ出せたのだ。自力でか、誰かがたまたま通りかかって、助け出したのか。

佐伯は、疑われるのが怖くて、あのあと少女がどうなったかは、確かめもしなかった。

狭い空間に閉じ込められていた少女の受けた恐怖は、想像するにあまりある。彼女は、自力でか他力でか、ともかく無事脱出できたあと、何歳か年上の少年を恨んだであろう。周囲のおとなに佐伯のことを聞いてみたかもしれない。その頃から、いつか復讐してやる、とひそかに思いを燃やしていたかもしれない。

そして、おとなから聞いた佐伯郁弥が作家になり、佐伯郁弥という名前を記憶にしっかり刻みつけておいたのだろう。その佐伯郁弥が作家になり、アシスタントを募集していると知った……。

彼女は生きているではないか！　よかった……。そう思って、薄れていく意識の下で、佐伯はかすかな喜びを覚えた。

いや、やはり彼女は死んだのだ、ともう一人の自分が打ち消す。佐伯の前に現われたのは、死んだはずのあの少女が成長した姿だったのではないか。とすると、あれは幻だったのか。

彼女はきっと来る。いや、来ない。

まばたきするごとに濃さを増す闇の中で、佐伯は自問自答を続けた。

ここから逃れることができたら……。そうだ、俺は、もっともっと怖い女を描いてみせるぞ。そう思って、佐伯はふっと弱い笑いを漏らした。

捕えられた声

＊

わたしはそれまで、人間は相当なところまで追い込まれなければ、〈殺意〉など抱かないものだと思っていた。

わたしは二十六歳だけれど、同年代の女性に比べたら推理小説が好きでよく読んでいたから、その意味では、〈殺意〉という言葉に平均的な一人暮らしの女性よりずっと親しんでいたのかもしれなかった。

だから、日常的にふとしたことで〈殺意〉という言葉が脳裏に浮かんできてしまうように、訓練されてしまっていたのだろうか。

推理小説の何が一番好きかといったら、それは殺人の〈動機〉だった。

もちろん、意外な犯人にアッと驚いたり、犯人が仕掛けたトリックを見破る楽しさもあるが、わたしの場合、なんといっても、犯人がなぜその殺人を実行するに至ったかを知る楽しみが第一である。

殺人の動機は、推理小説を手当たり次第に続けて十冊も読めば、意外にどれもこれも似たりよったりだということに気づく。

——お金がからむ動機。愛情や憎悪などがからむ動機。自己保身がからむ動機など……。

それでも、わたしは〈動機〉のユニークさだけにこだわって読んでいたわけではなかった。

前に読んだのが、保険金目当てで、次に読んだのが、相も変わらず保険金目当てでも、いっこうにかまわなかった。

わたしが面白さを味わうのは、犯人がなぜ彼、あるいは彼女を殺してまで保険金が欲しいと思うまでになったか。その一点であった。

その過程の心理がよく描けていれば、よい推理小説なのであって、わたしは読み終えて満足感に包まれるのだった。

しかし、それらの〈動機〉は小説の中の彼、あるいは彼女の〈動機〉でしかなかった。

もともと推理小説なんていうあってもなくても困らない知的な娯楽に興じるのは、心にゆとりがなくてはできない。娯楽である以上、殺人も〈動機〉も読者を楽しませるために存在しているにすぎない。

現実のわたしに〈動機〉がかかわってくる恐れはなかった。ないはずだった。

それなのに──。

その日は、生理が始まった日だった。あと二日は余裕があると思っていたので、少々早いおでましだった。

生理が二、三日の早い遅いはあろうがキチンとやってきてくれるのは、独身で妊娠可能な年齢にある女性にとっては、わずらわしくてもありがたいことである。

ありがたくても、いらいらはする。二十六になったこの春、学生時代の親友が電撃的に結婚し、同時に彼女からケロッとした顔で妊娠を告げられてから、よけいいらいらするようになった。

彼女は、あたし、絶対一生結婚しないわ、と宣言していたくらいの女だった。もっとも、あまり信じてはいなかったけれど。二十五そこそこの女が独身主義を貫こうと宣言するってことは、もし将来結婚できないとしても、それはあたしがそう望んだせいだからね。と、先回りして言い訳しているみたいで気分のいいものではなかった。

彼女はこう言ってのけた。

「あたしはどうしても結婚しなくちゃ、とは思っていなかったのに、彼がね、男の責任だからって」

その顔には、「あたしって愛されちゃったのよ」と誇らしげな微笑《ほほえ》みが浮かんでいたし、その腹部は、「妊娠して女の機能を使っているんだから、あたしの方がずっと存在価値がある」と言いたげに膨らんでいた。

ああ、無駄な血を流しているんだわ、わたし。——彼女の結婚・妊娠をきっかけに、いままで考えもしなかったふうに考えてしまう自分を発見した。

つき合っていた男と別れてから、一年がたつ。その男は、海外に行ってしまった。ふられたのでも、ふったのでもなかった。

それ以来、わたしは孤独だった。

その日は、特別、いらいらしていた。

無言電話と嫌がらせの電話が二か月あまり続いていたが、わたしがあの処置をとったことで、ほぼ大丈夫だろうと思っていた。

それなのに——。

生理になったあの夜、電話が鳴った。仕事から帰って三十分もしないうちだった……。

とにかく、わたしは〈殺意〉を抱き、その〈殺意〉を成就した。人を殺したのだ。

ここにこうして、自分の部屋にいるということは、まだ捕まっていないということだ。

いや、まだ、という言葉はありえない。

わたしは、完全犯罪を実行したのだから。

捕まるはずが……ない。

だから、こうして〈殺意〉を固めた瞬間を思い返したりできるのだ。

あのときの電話のベルの響きは、それまでのものとどこか違っていたように思う。

わたしは意図的に、留守番電話でなくしておいた。けれども、受話器をとっても声は出さなかった。

「………」

相手も黙っていた。

――あいつかしら……まさか。

わたしの喉《のど》は、声を出さない努力をするまでもなく、渇いて機能を失っていた。

電話番号を変えて最初にかかってきた、あいつ以外の誰か、の電話だろうか。

無言でいる相手にこちらの息遣いの一つでも伝えるものか、とわたしは腹式で息をしていた。

「二十八日……周期だろ。貴実子《きみこ》ぉ」

その声は言った。

ウッ、と、わたしは心の中で悲鳴をおさえた。その瞬間、下腹部をドロリという熱い感覚が流れ降りた。太腿《ふともも》のあいだに、冷蔵庫から取り出した、まだ固まるには早すぎたワインゼリーみたいな感触があった。

鼻にかかったあいつの声だった。いままでと変わりなく低く響いた。

わたしは凍りつくほどの恐怖と、電話をズタズタにしたいほどの怒りに、全身を貫かれた。

いろんなことが、すべて、いま電話の向こうにいるあいつのせいに思えてきた。

その日、わたしが予定より二日も早く生理になってしまったことも。久しぶりのラジオドラマの仕事だからと、プロデューサーの目を気にして選んだピンクのワンピースの裾《すそ》をほつれさせてしまったことも。糸を垂らしたまま地下鉄に乗って帰って来たことも。それに気づきもせず何人かの視線を浴びていたであろうことも。気づいた以上、ほつれをかがらなければならないことも。そんな面倒なことに余計な時間をとられてしまうことも。細い針の穴に糸を通さなければならないことも。その糸は白でもクリーム色でも目立ちすぎ、ピンク色でなくてはいけないことも。裁縫箱にそんな色の糸は常備していないことも。ワンピースに揃《そろ》えてはいて行ったフランス製の高級シルクの下着を、突然の生理のために汚してしまったことも。それをぬるま湯につけてシコシコ洗わなければいけないことも。もしきれいに落ちなかったら、〈よそいき用〉から〈ふだん用〉に格下げしなければいけないことも……。さらに、結婚しない主義ではないのに、結婚したいほど夢中になれる相手が現われないでいることも。レギュラー番組をとれるかとれないか、微妙なところに置かれていることも……。

わたしは受話器を叩《たた》きつけるように置き、留守番電話に切り換えた。追うようにベルが鳴ったが、二回鳴って、テープが作動し、ほどなく通話中のランプが消えた。

そのあと、何回か、ベルの音、テープの作動する音、巻き戻る音、新たにセットされる音、というふうにその作業が繰り返された。

留守番電話にセットしておけば、ベルの音は二度聞くだけで済む。あいつは、決して一回の電話ではしつこくしないのだ。出るまで鳴らしたり、一晩に頭が変になるほどかけてきたりはしない。

しかし、それがあいつの手なのだった。あいつにとって、時間は永遠にあり、わたしがこの世から消えないかぎり、引っ越しても居場所が追えるかぎり、「わたしを使って遊べる」のだ。

あいつはその気だ、どこまでもわたしを追いかける気だ。それが、あいつの唯一の楽しみ、娯楽なのだから。

その日、わたしは昼休みに、ラジオ局のそばの薬局に駆け込んで、小型の生理用ナプキンを買った。

ラジオ局の近くのどこからか、あいつはそれを見ていたのだろう。二十八日という数字は、あてずっぽうだ、きっと。

わたしを怯《おび》えさせ、快感を味わうのに最適な数字だと心得て、口にしたのだ。三十より二十八の方が、効果があると計算した上の遊びなのだ。

――あいつに遊ばれてたまるもんか。

わたしは、たぶん、あの夜、あの瞬間、決意したのではないか。

――あいつがこの世からいなくなればいい。

事故に遭うのを待っている?

自殺に追い込まれるのを待っている?

自然に死んでくれるのを待っている?

誰かが殺してくれるのを待っている?

いや、もう待てない!

わたしがあいつを殺すしかない!

あの夜、わたしは、あいつ――小林直也《こばやしなおや》――を殺すことを決心したのだった。

1

「観《み》たわよ、テレビ。あの声、貴実子、あなただったでしょ？」

と、裕子《ゆうこ》に言われたとき、わたしの顔はたぶん、パッと輝いたと思う。かくれんぼで、見つけてほしいのに見つけてもらえずにいた子供が、やっと見つけてもらって喜んだときのように。

裕子は、わたしが三年間勤めていた銀行の同期である。面白くない全然、とこぼしながらも、仕事を辞める気はないらしい。

仕事をする以上、どんな単調な仕事でも、積極的に楽しみを見つけてするべきだ、と前向きに考えるタイプのわたしには、面白くはないけれど自然体で仕事をしているふうの裕子が、勤めていたときには気にさわって仕方がなかった。

実際、銀行でのわたしの仕事ぶりは真面目だった。

裕子は、だってほかにしたいことがないんだもんというタイプの女で、幸いわたしにはやりたいことがあった。やりたいことがあったのが、もしかするとわたしの不幸の始まりだったのかもしれない。

「アニメの仕事はやったことがあるけど、セリフが少なかったから。今度のような大きな役はじめてなの」

と、わたしは言った。

喫茶店で裕子がエスプレッソを飲んでいるのに、喉が商売道具だからコーヒーは控えているの、とオレンジジュースを飲んでいるのも、わたしのささやかな見栄だった。

「ねえ、でも、貴実子の声って、ちょっと大人っぽいわよね」

「そう?」

「うん、そう思った。あれ見てて。アニメって、いい年した大人が信じられないくらい可愛い声を出して、ドラえもんとかワカメちゃんになったりするでしょ? 貴実子の声って、もっと上品でしとやかな感じがするもん。あっちの女優だったらグレース・ケリーやイングリッド・バーグマン。いまならキム・ベイシンガーなんかやったらピッタリの感じ」

「そうかなあ」

と、首をかしげたが、わたしの気にしていたことを指摘されたにすぎなかった。

アニメの声優にしては、声が大人すぎる。成熟している。色気がありすぎる。

――わたしが言われ続けてきたことだ。

だから、主役クラスの声は君には向かないね。いまのアニメドラマの主流は、色気といってもお子様向けの色気だからね、君の声はちょっと……。と、今日もプロデューサーに言われたばかりだった。

「ラジオの仕事が多いんでしょう?」

「そうね、ドラマとか広報とか天気予報とか」

だが、どれも単発の地味な仕事だ。

「DJなんかやる気はないの?」

「えっ?」

「FMのDJとかよ。『では、寂しい夜を一人で過ごしているあなたのために、〈イエスタディ〉をお贈りします』なんてね。貴実子のしっとりと濡《ぬ》れたような声でささやかれたら、ゾクッとくる男はいっぱいいるんじゃないかしら。変に甘ったるくないから、女性にも嫌われない声だと思うし」

「でも、DJなんて無理よ。できないわ」

心にもなくわたしは謙遜《けんそん》した。

裕子のさっきのセリフを、そっくりそのままプロデューサーが言ってくれたら、と思った。わたしが苦労しているのは、やりたいことをやらせてもらえるチャンスを与えられずにいることだった。

音楽番組のDJは人気がある。最近は、帰国子女のアイドルタレントなんていうのも出てきて、バイリンガルと舌ったらずなお喋《しゃべ》りを武器に、従来の〈声〉を商売にしていた人間のポストを奪おうとしている。

何のコネも売り物もない、ただちょっと声がきれいな二十六歳のわたしを、進んで使ってくれるような物好きはいなかった。

わたしは、学生時代、アナウンス部に入っていた。テレビ局のアナウンサーの試験を受けて、最終まで行って落ちた。田舎に帰りたくないので、銀行に就職した。就職したときは千葉の叔母の家に居候していたけれど、すぐにアパートを借りて一人暮らしを始めた。

銀行の窓口で客を呼ぶとき、「きれいな声ですね」と言われたことは何度かあった。が、だからどうだっていうのよ、そんなの関係ない仕事じゃないの、と誉《ほ》められれば誉められるほど、わたしは苛立《いらだ》ちをつのらせた。

辞めて声優になろうと決めたのは、少しだけど貯金ができたからと、アナウンス部にいた先輩から声をかけられたからだった。

けれど、先輩のいる小さな事務所に所属したからといって、仕事が次々とやってくるわけではなかった。

最初は、月に一本ラジオドラマと、テレビの洋画の端役の吹き替えが入ってきた。それも三か月と続かなかった。最初だから仕事を回してあげた、そんな感じだった。アニメの主役や準主役といった大きな仕事の場合は、わたしよりずっと売れっこの先輩でも、オーディションを通らなければその役をつかめなかった。

そこでわたしは、アニメに向かない声、を再度指摘されるのだった。

わたしは、あるホテルの結婚披露宴の〈司会者リスト〉に名を連ねている。テレビのワイドショー番組の司会者から無名の売れない役者まで、ランクはピンからキリまである。わたしがどちらかは、言わずとしれたことだ。それでも、けっこう需要があってお呼びがかかる。こっちの方がずっとお金になる。

しかし、こっちはあくまでも副業だ。裕子には秘密にしている。声優をめざしていたわたしは、姿形が見えなくても声だけで勝負できるような仕事で成功しなくてはいけない。

自分の好きな道を選んだわたしが、成功への遠い道のりを四苦八苦しながら突き進んでいるのを、好奇心に満ちあふれた目で見ている裕子を見返してやるためにも。

「ところでね、最近、いたずら電話が多いのよ」

と、わたしは話題を変えた。

急に裕子に会いたくなったのも、いたずら電話で尖《とが》りぎみの神経を和らげるためだった。結婚している友達は誘いたくないので、誘うなら裕子、となる。

わたしにいかに仕事がないか、を面白がっていたらしい裕子は、話題をそらされてつまらなそうな顔をちらと見せたが、すぐに、

「一人暮らしの女って、多かれ少なかれ、みんなそうみたいよ。うちもね……」

と、話にのってきた。裕子は、自分が話題の中心になれば、ご機嫌な女だ。

「女は、あたしと妹と母でしょう。父は電話に出ないし。女なら誰が出ても、卑猥《ひわい》な言葉を言うやつっているのよ。無言電話だってよくかかってくるし」

「それがね。わたしの名前を呼ぶのよ」

「貴実子の名前？」裕子は眉《まゆ》をひそめた。

「おかしな息遣いのあと、貴実子ってね」

「ほかに何か言うの？」

「ううん。変な電話は一週間くらい前から。とったら何も言わないで、こっちが切るまで黙ったきりのと、切ろうとしたら、いきなり『ああ、貴実子』って変な声を出す電話と」

「貴実子を知ってる男ってことよね。心あたりないの？」

わたしはかぶりを振った。鼻にかかった低い声というだけで、声から判断するには言葉数が少なすぎた。

別れた彼、でないのは間違いないと思った。その種の嫌がらせをするような屈折した性格の男ではない。第一、海外から本社に戻って来たという話は聞かない。

「よくかかってくるの？」

「昨日はかかってきたけど、一昨日はこなかったわ」

「しつこいの？」

「頭にきて受話器を置くと、二、三度は続けて。だけど、一晩中かけてきたりはしない」

裕子は、よくあるいたずら電話よ、という顔をしている。そうかもしれない、とわたしも思いたかった。

けれど、ひどく胸がザワザワしていた。実際に受話器を耳に当てて、あの声を聞いた者にしかわからない、得体の知れない恐怖を感じ始めていた。

「貴実子」とつぶやいた声に、何かしらネバネバした粘着質な響きを感じた。男は、わたしの直感が外れていなければ、自慰行為にふけっていた。あの声は、感極まる直前に発した声に違いなかった。

「貴実子は半分フリーみたいな仕事をしてるじゃない。名刺も配らなくちゃいけないし。電話番号刷ってあるんでしょう？」

「うん」

「きっと、そういう名刺がどこかに出回って、暇な男がいたずらしてんのよ」

「そうかしら」

「相手にしちゃダメよ。つけあがるから」

「えっ？」

「いたずら電話ってね、相手の反応を見て面白がってるんだから。貴実子がキリキリしたり、怒鳴りつけたりしたら、よけい面白がるものよ」

「そうね」

いたずら電話をする人間の心理が一般にそうだということは、わたしも知っている。

「だから、徹底的に無視すればいいの。相手にされなきゃ、そのうちあっちも飽きるって。で、ターゲットを替えるわよ」

都会で一人暮らす女は、そのくらいの嫌がらせをかわせるように強くならないと、とてもとても生きていけないわよ。

——裕子の目はそう言っていた。

2

『いたずら電話で死んだやつはいない』

誰が言った言葉でもないのに、わたしは電話が鳴るたびに、それが誰からかを予想し、あの男からかもしれないと身構えて、心の中で念仏のように唱えてみた。

裕子と会ってからも、「貴実子」と名指しにする電話は、たびたびかかってきた。

朝の九時にベルが鳴ったり、午後二時や夜の十時頃。一日に四、五回かかってきたかと思えば、翌日はかかってこなかったりした。

わたしは裕子の勧めに従って、電話に出て相手が無言だと、「いい加減にしなさいよ！」とも怒鳴らずに、黙って受話器を置くようにした。感情をおさえて冷静に。わたしは全然、気にしていないのよ、というふうに。

かかってこない日が二日続くと、裕子が言ったとおり、もう飽きたんだわ、わたしが何も喋らないから、とホッとした。けれど、翌日の朝、飽きていませんよ、というふうに電話が鳴るのだった。

あるとき、わたしは受話器を耳に押し当てたまま、相手の出方をみた。

「もしもし、貴実子ちゃん」

と、かすれた男の声は言った。やはり鼻にかかっている。貴実子、貴実子ちゃん。

男は気分によって呼び分ける。

「………」

「何か言ってよ。ねえ、もちもち？」

「………」

男は、ときにふざける。わたしは黙ったままでいた。何か言ってよ、という響きが、懇願を含んでいるように聞こえた。

わたしは、ふっと録音してやろうと思いついた。いつも受け身でいる理由はない。いたずら電話撃退法という機能だって、電話についているではないか。

録音テープのボタンを押した。

男の息遣いが荒くなってきた。あいだに、

「貴実子、貴実子、ああ、やりたい××××」などと、耳をふさぎたくなるような卑猥な言葉が挟まった。

わたしは我慢して、聞き続け、録音し続けた。二分間ほど続いただろうか。

驚いたことに、男は最後にウッとうめき、「貴実子ぉ」と叫んで果てた……らしかった。

その瞬間、わたしはハッとした。記憶の領域のどこかにピリッという刺激を受けた。

——聞いたことがあるわ、あの声。

はじめてそう思った。

男は、一応声色を使っているのだろう。風邪をひいているのでなければ、鼻にかかったところは地だろうが。

男の誤算は、欲望を遂げるのに熱中してしまったせいだった。男は、わたしの声を少しでも聞きながら、いや、わたしが無言のままでも電話のこちらで聞いているだけで満足して、それを刺激として自慰にふけり、欲望を果たすのが目的なのだろう。

熱中しているときに、声の癖やイントネーションまで変える余裕などありはしない。貴実子ぉ、と声がうわずって、荒い息のあとに少し長めの溜息《ためいき》を続けたところ――彼に似ている、とわたしは思った。

わたしは、彼が野球をしているのを見たことがある。スポーツで汗を流していたときの息遣いを憶《おぼ》えていたから、彼の名前が閃《ひらめ》いたのだ。

電話を切ってから、何度も何度も録音したテープを繰り返し聞いてみた。ボリュームを上げ、貴実子ぉ、という直後と、ああ、という溜息のあとでテープをとめて。聞けば聞くほど、その声は彼に近づいていく。彼そのものになった。

わたしはそれから、彼の条件が、電話をかけてくる男にあてはまるかどうか、じっくり考えてみた。

・朝であろうと昼であろうと夜であろうと、電話の背後に雑音が入らない。屋内からで、専用の電話を持っている。一人暮らし。

・彼がビデオショップに入り、ＳＭのコーナーにいたのを見た人がいる。変態趣味あり。

・暴力的な描写がいっぱいある少年漫画の原作を、お金になるので書いたことがあると言っていた。体格はいい。肉体を誇示するのが好き。格闘技が好き。暴力好き。

・もの静かで、小説好きで、自分の世界にとじこもる性格。空想癖がある。

そして、最後に――
・わたしを「貴実子さん」と名前で呼んでいた。
・わたしは彼にデートに誘われて、二人では会いたくないの、ときっぱり断わった。
電話がこなくなった。その後、「あの女にオレは遊ばれた」と、まるで関係があったかのように周囲にふれまわった。虚言癖あり。

わたしは、さまざまな要素から彼を引き出し――その前にあの声が決定的だった――彼以外には考えられないことを確信した。

小林直也。確か、三十二歳だ。職業はフリーライターで、小説家をめざしているが、いまのところ芽が出ない。もう二年近く会っていない。

うっぷん晴らし。ふられた腹いせ。わたしに電話をかける動機は十分ある。

たぶん、裕子が観たのと同じアニメドラマで、久しぶりにわたしの声を聞き、最後に画面でわたしの名前を確認して、声優の仕事をしているのを知り、刺激を受けて嫌がらせを始めたのだろう。

その後も、わたしは様子をみた。電話は相変わらずかかってきた。「貴実子」と呼び、「何か喋ってよ」と言い、「貴実子とやりたい」「×××」とエスカレートし、最後にはうめいて果てた。

そのたびに、わたしは録音した。少しでも鮮明なものを、少しでも言葉数の多いものを、と求めて。

やられっぱなしではたまらない。あなたに突きつけてやるわ、待ってなさいよ。と、腹立たしさをおさえながら。

3

どうあいつに出てやろうか。頭の半分はつねにそのことで占められていてしゃくにさわったけれど、仕事の方ではチャンスが巡ってきた。

三週間後、わたしはラジオのプロデューサーに呼ばれた。FM局の『音楽のかなた』という、毎晩六時から七時のリクエスト番組の担当プロデューサーだった。

「火曜日担当の稲垣《いながき》クンが、突然、ニューヨークに行くことになってね。そのあとを君に、と思うんだけど」

「わたしに？　本当ですか？」

わたしは声を弾ませた。

「とりあえず、やってもらって。で、評判がよかったら、ほかの枠もお願いすることになるかもしれないけどね」

慎重だが信頼のおける人間で有名なプロデューサーだった。

翌週から仕事は始まった。

わたしはプレッシャーを感じたけれど、もともと顔が見えずに声だけならば、妙に落ち着いて全力が出せる性格である。曲のあいまのお喋りタイムに、大人のジョークなど挟んで、結構それが受けた。

次の週には、リクエストのハガキにファンレターが混じったりした。わたしは有頂天になった。

疎遠になっていた友達から、何人か「聞いたわよ」と電話がきた。土、日の番組が持てればな、とさらに欲が出た。

しかし、その一方で、電話の攻撃はやまなかった。それどころか、三週目に入って回数が増えて、内容がひどくなった。「ああ、貴実子」「おまえを縛りたい」などと、変態的な言葉が混ざるようになった。わたしは、それらを憤りで胸が痛くなる思いをこらえながら、録音し続けた。

何も言い返さないだけに、わたしの中には、仕事がうまく進んでいるのとは別に、あいつのオナペットにされて汚《けが》されている、という屈辱感が蓄積されていった。いままでのように、ときどき何も言わないで、わたしが喋るのをじっと息を殺して待っているときもあった。

番組のあった翌日が、とくにひどかった。このままでは、ノイローゼになる。仕事に没頭できない。わたしは決心した。

次に電話がきたとき、相手が黙ったままでいるのを確認して、前に彼がかけてきたとき録音したテープを、そっくり聞かせてやった。

「ああ、貴実子」「×××したい」

電話の向こうで、あいつはどんな顔で聞いているのだろう。こうやって証拠の録音テープをとられていると知ったら、少しはこりるだろう。誰かに相談されたり、テープが出回るのを恐れて、もうかけてこなくなるかもしれない。

けれど、わたしは甘かった。

何事もなかったかのように、翌日も電話はかかってきた。深夜の一時だった。

「留守番電話にしてとらなければいいじゃない」と、電話で裕子に言われたけれど、出ないでいることが、かかってこなくなるという保証にはつながらない。

いつか出る——相手は、それに賭《か》けているかもしれないのだ。根くらべだ。

わたしは次の手段に出た。

「あなたが誰かわかっているのよ」

翌日、無言のままでいる電話に向かって、わたしは言った。

「小林直也さん……でしょう？」

確信しているとはいえ、口にするには勇気がいった。

電話はすぐに切れた。

十分後、電話はまたかかってきた。さっきは、小林とズバリ名指しにされて、動揺して切ってしまったのだろう。

「……もしもし？」

あいつの声だ。

「なあに、小林さん。小林直也さんでしょ？　わかってるのよ。とぼけなくてもいいのよ」

思いきり余裕のある声で、わたしは言ってやった。「びっくりしたんじゃなくって？」

「……ああ、貴実子……ああ……ウッ……」

あいつは、わたしの声など無視するかのように、それまでどおり自分のペースで、あえぎ始めた。

しらを切るつもりなのだ。ムラムラと怒りがこみ上げてきた。

そうか、とわたしは興奮を鎮めるために深呼吸をした。小林直也だと、小林直也は認めたら困るのだ。無視しているほかはないのだ。

「ねえ、小林って誰だ？　って聞き返さないの？　わたし、ちゃんと喋ってあげているのよ。何か言いなさいよ。ほら」

わたしはあいつを挑発した。

あいつは、わたしの言葉を無視し続けている。自分だけの世界にふけり、挑発しているわたしの言葉をサカナに、自分を慰め続けている。やがて……果てた。

その頭の中で、どんなふうにわたしを辱めているのか。

わたしは、「貴実子ぉ」という言葉を宙に浮かせたまま、はじめて受話器を叩きつけた。

もう冷静でいることなどできなかった。

二年前の手帳を引っ張り出し、あいつの電話番号を調べてから、数字を八つ、怒りで震える指で押した。

コールサインが三つ。そして——

「はい、小林です」

何事もなかったかのように平然とした口調のあいつの声が、聞こえてきた。

「もしもし?」

わたしが黙っているので、あいつは、もしもしを数回、繰り返した。そして最後に、

「いたずらはやめろよな!」

吐き捨てるように言って、電話をガチャンと切った。

——何ですって、どっちのセリフよ!

電話を乱暴に切られ、ぶつける場所のない憤りが胸の中で渦巻いている。

耳に残っている「はい、小林です」という正常な状態の声と、その直前まで息に混じって発していた卑猥な声と、少しも変わりはなかった。

わたしにはわかる。どちらも彼であることが。手にとるようにわかる。彼だという証拠は、ちゃんと家にいたことでも確かめられたじゃないの。

わたしは小林直也に、また電話をかけた。

「……もしもし?」

小林直也は、警戒したような声を出す。

セットしておいたテープを、わたしは流した。少し前に、彼自身が自慰行為にふけったときのものだ。「貴実子」と連呼している。

小林直也は、もしもし、とか、何だ?　とも言い返さずに黙っている。

気がついたら、電話はあちらから切られていた。

4

わたしが直接、小林直也に会う行動に出たときは、最初の電話から二か月が過ぎようとしていた。

「ひどいなあ、オレを疑っているなんて」

渋谷の、競馬新聞を手にした中年男でいっぱいの喫茶店で話を聞いて、小林は呆《あき》れ顔になった。バカバカしくて怒る気にもならないよ、といった顔だった。

まだ三十そこそこなのに、二年前にはなかった硬そうな白髪が、数本混じっている。

「電話がいったでしょう？　恍惚《こうこつ》としているときのあなたの声を聞かせてやったじゃない。あそこに、わたしの名前が入っていたでしょう？　どうしてかけてこなかったの？　変だと思ったでしょうに」

わたしは、努めて冷静に言った。

「ああ、なんだこりゃ、とは思ったよ。いつだったか、無言電話のあとにかかってきてさ。テープの声みたいでよく聞こえないの。あれ、城戸《きど》さんがやったの。ひどいなあ」

ふられる以前は、貴実子さんと呼んでいたのに、白々しく城戸さんなどと呼んでいる。

小林直也とは、行員時代、レクリエーションで公営の野球グラウンドを借り、野球の試合の応援に行ったときに知り合った。

周囲の者がわたしを貴実子さん、と呼んでいたので、小林もそう呼ぶようになったらしい。わたしたちは特別につき合っていたわけではなかった。何度かコンパで同席しただけの仲だった。

銀行勤めには、フリーで仕事をしている小林のような人間が珍しく、話してみたくなるものなのだ。裕子も同じだった。

しかし、「小林さんって、目つきがいやらしくて、何となく爬虫類《はちゅうるい》みたいな感じ」というのが女性のあいだでの評価で、決してモテる男ではなかった。

一方的に、小林がわたしを好きになっていただけなのだ。

「そういえば、貴実子とかって聞こえたような気もするけど、貴実子っていって、すぐに城戸さんを思い出さなくてさあ」

小林は、そう続けて笑った。勝ち誇ったような笑いに見えた。それは、わたしを侮辱したのと同じなのだった。

――そりゃ、以前は惚《ほ》れてたけど、オレ、いつまでも追いかけるほどしつこくないよ。そんな暇人じゃないし。君のことなんか、忘れていたくらいだからさ。えっ？そうなの、声優やってんの。ラジオも？ふーん、知らなかったなあ。オレの方も忙しいからさ。頑張ってるじゃない、よかったね。

小林のよどみない口調は、わたしの神経を逆撫《さかな》でした。

「でも、気になるなあ、その電話のこと。あっ、オレじゃないよ、ヤダなあ、オレじゃないよ」

「あなたよ」

やっと回ってきた順番のときに、わたしは言った。

「ちょっとぉ、それ、ひどいぜ。ええっ!?」

小林は、顔を真っ赤にさせて怒り出した。動揺を隠すための演技に違いなかった。

「本人が否定しているのに。濡衣《ぬれぎぬ》だよ。証拠もないのに、いたずら電話の犯人扱いするなんて、名誉毀損《きそん》で訴えるぞ! オレと声が似ているやつなんか、五万といるじゃないか」

「絶対にあなたよ」

「よーし、そこまで言い張るなら、警察にでもどこにでも行こうじゃないか。そのテープを持ってさ」

警察が、その程度の段階では無力に等しいのは、裕子から聞いて知っていた。身に危険が切迫している。電話の内容が明らかに脅迫である。——そうでなければ、

「春ですから、おかしなやつが多いんですよ。気をつけてください。アパートのまわり、巡回はしますから」だけで片付けられてしまう。

「信じてくれよ、オレじゃない」

小林の声がふたたび穏やかさを帯び、

「信じてくれないならそれでもいいけどさ、電話の男が誰か犯人捜しをするより、君

自身が自分を守った方がいいんじゃないのか」

親切ぶって、相談役を買ってでるような言い方になった。

「どういうこと？」

「そいつが変な男だったら、どうするんだよ。マトモな論理が通用するようなやつじゃなかったら。変質者だったら怖いじゃないか」

小林は、わたしの味方のふりをし続ける。

「ねえ、心あたりないのかい？　そういう仕事をしてたら、変わったやつも多いんじゃないの？　オレ、電話で聞いただけだけど、あれは若い男の声だったよな」

「違うわ、あなたの声よ」

「そうだ！　電話番号、変えろよ」

「友達にも勧められたわ。警察に相談すれば、大概はそう勧められるんですって」

〈電話番号を変えたら、あなたはもうかけてこられなくなるのよ〉

犯人が被害者になるであろう人間に、殺人から逃れる方法を教えている。――そんな気がした。

そうよ、番号を変えればいいかもしれない。わたしは、目の前のこんなバカな男なんか、もうまともに相手にしなければいいんだわ、と思った。

小林は、ひそかな楽しみとしてわたしに電話をかけていたのが、その相手に呼び出されて追及され、自分じゃないと必死に否定して、相談役までしなくてはならない羽目になったことで、内心こたえているのではないか。面倒な事になってしまった、と本当はうろたえているのではないか。

「ＮＴＴに二重番号サービスっていうのがあるって聞いたよ。表と裏の番号があるんだ。ＮＴＴに問い合わせたって、裏の番号は知らせないようになっているし、そしたら絶対安全だよ。仕事で必要なところにだけ、裏の番号を知らせておくんだよ。仕事に支障はきたさないと思うよ。君んとこに仕事を頼もうとして通じなかったら、事務所に聞けばいいんだし」

「そうね」

素直にわたしはうなずいてやった。

犯人から知恵だけいただいて、内心では〈やっぱりおまえが犯人だ〉と裏切ればいい。

とにかく、電話番号を変えればいいことだ。いたずら電話の最終的な防御策なのだから。

わたしは、この二か月、小林直也に被《こうむ》った精神的苦痛への復讐《ふくしゅう》はできなかったが、それですべて終わるならよしとしよう。と、彼を許してやった。

5

許してやる、と気を緩めたのが甘かった。

その夜、生理痛で下腹部が重くなりかけたとき、電話は鳴った。

NTTに相談して、三日前から電話番号を二重にしてもらっている。つまり、従来の番号ではかからない。

「…………」

わたしは、先に声を出さない癖がついてしまっていた。

「二十八日……周期だろ。貴実子ぉ」

あの声が言った。

頭の中が空白になり、次に赤くなった。血が昇ったのだ。

あいつの言葉を思い出した。

――君んとこに仕事を頼もうとして通じなかったら、事務所に聞けばいいんだし。

わたしはバカだった。あいつは、どうすれば新しい番号を調べられるか、ちゃんとわたしに教えていたのだ。その上で、番号を変えるように勧めた。

おそらくラジオ番組の関係者のふりでもして、聞き出したのだろう。わたしはいい気になって、いまどんな番組を担当しているか、あいつに話してしまったから。

いままでは、わたしの行動を見張っているような気配は言葉に出さなかった。それなのに、わたしが昼間、ラジオ局のそばの薬局で生理用ナプキンを買ったことまで調べるようになった。

わたしは尾行されている？　わたしの生活をあいつは見張っているの？　声だけじゃ満足できなくなって、わたしのすべてを手に入れようとしているの？

それは違うだろう。わたしが彼に直接会い、犯人扱いしたことへの復讐なのだ、これは。

わたしは、いたずら電話の恐怖は相手の正体がわからないせいだ、というのは違うと思った。相手の正体がわかっていることの恐怖なのだ、わたしの場合は。

わたしは裕子に、録音テープの声紋を専門家にとってもらって電話の相手に突きつけるのはどうかしら、と相談したことがあった。

そのとき裕子はこう言った。

「たとえ、貴実子がにらんだ男が犯人だったとしても、死刑になるんじゃないもの。刑務所に入っても、電話の嫌がらせ程度の犯罪じゃ、すぐに出て来るわよ。そしたらあとが怖いわよ。恨まれてつきまとわれて、何をされるかわかったもんじゃない」

そのとおりだとわたしは思った。

殺すしかない。わたしを辱め、わたしの生活を脅かす彼の存在を、この世から抹消するしかない。

わたしは、そう結論を出した。


結論を出したものの、人一人殺すのは容易ではない。

けれど、実行しても、わたしが疑われる可能性はほとんどないのもわかっていた。

わたしは、小林直也の名前を誰にも告げていない。裕子にも、変な電話をかけてくる男、とは言ったが、小林の名前は伏せていた。

わたしの意地があったのかもしれない。あの程度の男にしか執着されない――。そう裕子に思われるのが嫌だったから。

わたしと小林の関係は、この二年あまりまったくない。二年前だって、なかったに等しい。小林の虚言癖は周知であった。わたしと関係があったような嘘《うそ》をまき散らしたとき、裕子をはじめ、みんなは頭から信じずに笑っていた。

渋谷で会ったときだって、わざとはじめての喫茶店を選んだ。

わたしにいたずら電話をかけていたのが小林だったと知る人間は、わたし以外にいない。小林本人も、自分であることを否定していた。

たとえ小林がポックリ死んでも、誰も、わたしと彼と電話を結びつけはしない。

わたしは、すでに読んでしまっていた推理小説の本を、押し入れから何十冊も取り出した。完全犯罪の方法、を知るためだ。けれど、それは無駄だと半ばわかっていた。

推理小説に書かれている完全犯罪など、不完全なのだ、実は。

トリックが一番あてにならない。物理的なトリックは、道具がいるし、偶然の助けがいるしで、実行してもまず成功しない。

1・高いところから突き落とす。

2・ホームに電車が入ってきたところを突き飛ばす。

その二つくらいしか、体格のよい小林を確実に殺せそうもなかった。

毒殺という手もあったが、手に入りにくいし、入手経路から足がつきやすい。

ガソリンをかけて火を点《つ》け、焼死させる方法も考えたけれど、用意するものがあれば、仕入れた店や容器というふうに痕跡《こんせき》が残る。

しかし、高いところから突き落とすにしても、簡単ではなさそうだった。誘い出さなければいけない。ベランダや屋上のように手すりがあれば、隙《すき》を見て足をすくうしかないが、隙を見せるかどうかわからない。崖《がけ》っぷちに誘い出すには、ドライブでもしなければいけない。

酒を飲ませて酔わせるか。だが、殺す前に一緒にいる時間が長くなればなるほど、人に見られる危険も増す。証拠も残してしまう。

ホームから突き落とすのは、よくテレビドラマでやっている。が、それにしたって、小林が列の先頭に立っていないと困るし、人が多ければ目撃されもするだろう。考えていても始まらない。

わたしは仕事のない日に、小林を尾行することにした。

彼は家にこもり、外出しない日もあった。山手線に乗り、新宿で降りて、喫茶店で人と待ち合わせることもあった。仕事らしかった。

けれど、わたしはプロの探偵ではない。気づかれないように尾行できる自信もないので、遠出はできなかった。

それでも、まったく幸運なことに、チャンスは意外に早くやってきた。

わたしは仕事を終えてから、小林のアパートの近くに行き、彼の部屋に電気が点いていないのを確かめると、もう寝たのか、まだ帰っていないのか、夜の行動パターンを探るようにした。

幸い、アパートのすぐ近くには国道が走っていて、何かあったらその通りに出てタクシーを拾えばよかった。

あの夜。アパートと反対側のその国道沿いを歩いていると、数メートル先の横断歩道の前に黒い影が立っていた。

小林直也だ！

わたしはドキッとした。こちらを振り返られたら、彼の視力がどの程度かわからないが、気づかれてしまう。戻るか、どこか建物の陰にでも隠れなくては、と焦った。こんな時間にこんな場所をウロウロしていたら、疑われるに決まっている。そしたら彼は、表面的には隠していた恐ろしい牙《きば》をむいて向かって来るかもしれない。

そのときだった。大型トラックがあちらから走って来た。小林は、そのトラックをやりすごしたあとで渡る気で、横断歩道に立っているようだ。

——走るのよ、貴実子。

トラックがちょうど彼の前に来るのに合わせて、彼のところに駆け寄り、思いきり背中を押すのよ。

走り出した気配で小林は振り返るかもしれないけれど、しばらくは動かずにいるだろう。そのあいだに、彼との距離を縮めるのだ。その頃には、トラックと彼の距離も、縮まっているだろうから。

——やるのよ、貴実子。でなければ、あなたが精神的に殺される。

わたしは、自分の声に従った。夢中で駆け出していた。

手を伸ばしながら、小林の背後に到達し、轟音《ごうおん》を上げて迫って来たトラックめがけて、彼の背中を突いた。せいいっぱい突いた。

瞬間的に、小林が顔をねじったように思った。だが、視野にわたしの顔が入ったかどうかは定かではなかった。

＊

そして、わたしはいま、こうして自分の部屋にいる。

昨日のニュースで、小林直也の死亡が報道されたが、偶然にも彼が酒を飲んでいたので、足元がふらついたのではないか、と見られていた。トラックの運転手も、横断歩道にいた黒い影は目に入っていたらしかったが、直前に走って来たもう一つの影が黒い影を突き飛ばしたのまでは見ていなかったようだ。

わたしはやってのけた、完全犯罪を！

電話が鳴った。

——心配することはない。裕子からよ。事務所からよ。

「……もしもし」

久しぶりに、わたしは声で受けた。

「…………」

黙っている。

——あいつ？　まさか。

不意に、意外性という言葉が頭に浮かんだ。推理小説好きのわたしは、いくら〈動機〉重視だとはいえ、最後には〈意外性〉を必ず期待して読んでいる。

——ってことは、まさか、別人だったの？　あいつじゃなかったの？

こういう筋書きの推理小説は、読んだ憶えがある。

「もしもし？」と、男の声が言った。

わたしは、心底、ホッとした。あいつの声ではなかった。

やっぱり、あいつは小林直也で、わたしが殺したのだ。

「どなたですか？」

「ぼく……」

と、優しそうな声が続いた。「城戸貴実子さんですよね。あなたのファンなんです」

「あら、そうですか」

事務所が番号を教えたのだろうか。わたしも番組を持って名前が知られてきている
し、ファンがいてもおかしくはないけれど。

「ぼく、あなたとちゃんと会話するのは、はじめてです」

「あ……そう？『音楽のかなた』を聞いてくだされば嬉《うれ》しいんだけどな」

「聞いています。毎週」

「じゃあ……」

「ぼく、あなたのところに電話をするのは、はじめてじゃありません」

「………」

「声を出したのは、はじめてなんです」

「どういう……こと？」

「いつも黙ってましたから」

「………」

「小林直也さんでしょう？　って貴実子さんが言ったの、ぼく録音してあります」

「な、なぜなの？」

「ぼくだけの、あなたの声が欲しかったんです。だから、いつもかけるときはテープを回して。でも、貴実子さんはほとんど声を出してくれなかったですね」

「だ、だって、それは……」

「ニュースで小林直也って同じ名前、聞きました。いたずら電話されていたんですか？　あ、番号変えたんですね。探し出すのに二日、かかりました。ぼく、電話にはくわしいんです」

「………」

「ぼく、よくわからないけど、事情が。でも、喋りません、誰にも」

「何言ってるのよ」

「一昨日、国道××のあたりにいましたね」

「………」

「条件があるんです」

「条件？」

「ぼく、城戸貴実子の声に恋をしてしまったんです。だから、毎日十五分でいいんです。ぼくの相手をしてほしいんです」

「電話じゃなくて会わない？」

わたしは、できるだけ色っぽく、甘い声で誘った。声には自信がある。

会えば何とかなる。小林直也のように……。

「いいんです、ぼくは。あなたの声が好きなんですから。これからずうっと、毎晩十五分だけぼくにその声をください。ぼくだけに、ああ、ぼくだけに……」

男の声に荒い吐息が混じり始めた。

永遠に恋敵《ライバル》

「美也子《みやこ》……」

わたしが、その後ろ姿に遠慮がちに呼びかけたとき、

「渡辺《わたなべ》さーん」

と、遮《さえぎ》るように別の声が呼んだ。

美也子が、わたしの方ではなくその声の方に振り向いた。

（やっぱり、美也子だわ）

三年間、会わなかったとはいえ、髪型がソバージュに変わっているほかは、面影がそのままだ。

尾崎《おざき》美也子——わたしの知っていた彼女は、そういう名前を持っていたはずだ。

ところが、渡辺美也子になっているという。

（まさか……）

わたしは、美也子に気づかれないよう、柱の陰に身を隠した。

美也子は、女友達と何やら楽しそうに話をしている。

渋谷にあるこのビルは、ファッションと飲食店のフロア、それにカルチャー・スクールのフロアとで占められている。

上のフロアで一人、食事をして帰る途中、思いたって五階のカルチャー・スクールのフロアに降りたのだった。

(料理でも習ってみようかな)

学校案内のパンフレットをもらおうと思った。

だが、そこで偶然、美也子の姿を認めるとは……。

(渡辺美也子……)

口の中で何度かつぶやいてみた。

渡辺肇《はじめ》――嫌でも、その名前を連想してしまう。

渡辺肇は、三年半前までわたしの恋人だった。美也子に紹介したときも、恋人としてだったし、そうすることに何のためらいもなかった。

しかし、彼の心は、次第に美也子の方に移っていった。

わたしがそれに気づいたのは、美也子と渡辺が二人だけで会い始めて、かなりたってからだった。

「あなたって、ずいぶん、ボンヤリしてるのね。部長とあの子、できてたのよ。テニス部の中で気づかなかったのは、あなただけよ」

と、学生時代、よく美也子にからかわれたものだったが、はからずも、美也子自身に自分のうかつさを思い知らされることになった。

その日は、とうとう美也子に声をかけずに終わった。

敗北感がわたしを襲った。

美也子とは、渡辺のことがあって以来、ずっと疎遠になっていた。手紙のやりとりもしていない。

大学を卒業してまもなく、新聞広告で見つけた、パリにある貴金属店の販売員募集に応募し、採用されたわたしは、三年間日本を離れていた。

任期が切れて戻って来たのは、つい二日前だった。

これをきっかけに転職を考えた。パリで得た知人を通じて、有楽町にある観光インフォメーションセンターに勤務することが決まっていた。

来月からの出社予定で、それまでたっぷり休暇がある。

美也子から結婚通知はもらっていない。もっとも、パリの住所は知らせなかったし、渡辺肇と結婚したのならわたしに手紙をよこせるはずもない。

だが、わたしは本当のところ、こだわってはいない。渡辺への愛情など、とっくに冷めていた。

パリで新しい恋人はできなかったが、身体《からだ》だけの関係なら何人かとあった。

(そろそろお見合いしてもいいわ)

という気にもなっていた。

わだかまりがあるとしたら、美也子に対してだけだ。

恋愛の敗北者として、わたしを哀れんでいるのではないか、その一方で優越感を抱き続けているのではないか。

そう考えると、わたしは耐えられない気持ちになった。

――美也子にはっきりさせなくては……。

*

わたしと美也子のつき合いは、小学校時代にさかのぼる。中学三年のとき、美也子は京都に転校したが、偶然、大学でふたたび一緒になった。

つまり、わたしたちは、成績も互角なら、趣味も似ていてクラブも一緒、男性の好みも共通していたのだ。

何かにつけて、ライバルだった。とりわけ、恋のライバルだった。

あれは、小学校三年生のとき。わたしと美也子はどちらも成績がよく、担任に気に入られていた。音楽会でどちらがピアノの伴奏をするかで、二人は担任に呼ばれた。

担任の前で、ピアノを弾いてみることになった。

わたしは美也子を通じて、課題曲を聞かされていた。美也子が先だった。弾き始めたとき、わたしは、愕然《がくぜん》とした。それは、わたしが聞かされていたのとまったく違う曲だったのだ。結局、ピアノの伴奏者は、美也子に決まった。

次は、小学校五年のとき、A君をめぐって二人は火花を散らした。美也子に傾いていたA君の気持ちを、わたしが頭脳作戦で無理やりこちらに向かせ勝利した。美也子はA君の前でわざと自転車でころび、怪我《けが》をしてみせたのだった。五針縫うという思いがけない負傷とひきかえに、わたしはA君の同情をひき、ハートを見事射止めた。

続いて、中学一年のバレンタインデーの日。わたしは不覚にも熱を出し、学校を休んでしまった。その朝迎えに来た美也子に、意中のB君へ渡してほしいとチョコレートを預けた。だが、美也子もB君へのチョコレートを用意していたのだった。美也子はわざと、わたしのチョコレートを渡さなかった。

バレンタインデーの翌日は日曜日。二日遅れのチョコレートなど、おおみそかに届いた年賀状と同じくらい意味がない。でも、わたしは美也子が渡してくれたものと思っていたのだ。

彼女の裏切りを知ったのは、なんと一か月後だった。「美也子、チョコレートは?」眉《まゆ》を吊《つ》り上げて詰め寄ったわたしに、たった一言、「あ、忘れた」……。

しかし、大学のときのあのできごとに至っては、少女時代の恋愛ごっこではすまされなかった。わたしは、真剣に彼との結婚を考えていたのだから。

結局、美也子が勝利し、「渡辺美也子」を勝ち取ったのだ。でも……認めたくはない。


一週間後、同じ時間に、わたしはあのビルに行ってみた。

週に一度の受講なら、同じ金曜日に来るはずだと思った。

わたしはパンフレットを見るふりをして、受付の横のロビーにいた。

八時半を過ぎた頃、二つある教室のドアが開いて、受講生たちがドヤドヤと出て来た。女性ばかりだ。

わたしの心臓は高鳴った。

何げないふりをしてパンフレットから目を上げると、集団の中に美也子を見つけた。

先日と同じ友達との話に夢中になっている美也子は、わたしの方を見ずに通りすぎようとした。

「あら、美也子じゃないの」

わたしはできるだけ、驚きを含んだ声をかけた。

美也子がハッと立ち止まる。

「果織《かおり》、果織ね？」

大きな目を見開いた。

「あ、ごめんね。大学の同級生なの。じゃあ、また来週ね」

と、美也子は連れの友達に言い、わたしの手を嬉《うれ》しそうにとった。

「なつかしいわ」

その表情は、作ったものには見えなかったが、わたしはまだ警戒していた。

「帰って来たの？」

「ええ。日本勤務になったの」

「そう。パリで仕事してるって、誰にだったかしら、聞いたのよ。元気？」

「ごらんのとおり」

わたしはそっけなく答えた。

やっぱり、美也子に対するわだかまりがくすぶっているのだ。

「ねえ、ねえ。こんなところでなんだからさ、どこかでゆっくり話しましょうよ」

美也子は、すでにわたしの腕を引っぱっていた。

美也子と入ったのは、地下にあるショットバーだった。

二つ隣りにあったはずの喫茶店は、新しいビルに変わっていた。学生時代、よくケーキを食べに通ったことをわたしは思い出した。渡辺を美也子にはじめて紹介したのも、そこだった。

だが、そのビルの前を通りすぎるとき、二人とも無言でいた。わたしはふたたび、わだかまりを感じた。

「何か習うつもり？」

会話は、渡辺に関係のないことから始まった。

「え？　あ、うん、料理でもね」

わたしは、戸惑いながら答えた。

丸テーブルは、どこも、それぞれの世界に浸っている若者たちばかりだ。わたしたちのような組み合わせは、ほかには見当たらない。

静かな喫茶店より、かえって話しやすい気がした。

「そう。わたしはね、英文速記を習ってるの」

「英文速記？」

彫金だとか文学講座だとか、もっとカルチャーっぽい柔らかいものを受講していると思っていたわたしは、少しびっくりした。

「学生時代、なまけすぎたからね」

美也子は、チロッと舌を出して笑った。その癖は、以前のままだ。

「仕事してるの？」

わたしは聞いた。

「ううん」

と、美也子がかぶりを振る。

「いまはね。でも、これから……。あ、そんなことはどうでもいいわ。果織がパリでしていたこと、知りたいわ。話して」

わたしは質問されるままに適当に答えた。

本当は、自分のことなど話したくなかった。美也子の結婚生活が知りたかったのだ。

やがて、話が途切れると、

「どう？　結婚生活の方は？　わたし、まだ独身なの。先輩として教えて」

わたしは顔がこわばらないよう、注意しながら聞いた。

「どうって、普通だけど……」

と、美也子が口ごもる。

「果織、ごめんね。招待状、出さなくて」

「え？　あ、あら、そんなのいいのよ」

あっさり謝られて拍子抜けしたわたしは、うろたえた。ここは言葉を続けなければと焦った。

「だって、出せるわけないもん。ねっ、そうでしょ？　それに、わたし、ずっとパリにいたし、招待されたって行けるわけがなかったし。わたし、気にしてないわ」

「本当に？」

伏し目がちだった美也子が、パッと明るい顔になる。

「嫌だわ、そんなこと気にしてたの？　もう終わったことじゃないの」

わたしは、美也子の肘《ひじ》を突いて言った。

「結婚したのは、いつ？」

「一年前よ」

「そう」

ちょっと意外だった。

渡辺と美也子がつき合い始めたのが、三年半前。わたしがパリに行ったのは、それから半年後。

邪魔なわたしがいなくなったら、すぐにでも結婚するものと思っていた。それが、結婚するまで二年あまりを費やしている。

当時すでに社会人だった渡辺は、結婚生活を維持できる経済力はあった。

渡辺肇は、今年、二十九歳になるはずだ。

「おめでとう」

わたしは言った。

この言葉があるのが、救いだと思った。感情がこもっていなくても、言ってしまえば逃げられる。

「……おめでたくもないんだけど、現実は」

美也子がテーブルに視線を落とし、ポツリと口にした。

「え？　どういうこと？」

わたしは思わず、身を乗り出した。

「渡辺の……主人の浮気よ。よくあることなんでしょうけどね、わたしにはそうは思えないの」

「浮気？」

――あの渡辺が浮気をしている……。

わたしは瞬間的に、頭の中がピンク色になった気がした。それまでは憂鬱《ゆううつ》なグレーだった。

「誰にも相談できないの。ううん、相談なんかしても、夫婦のことって他人にわかるはずないけど」

美也子の表情が曇った。

何か気になることがあると、口が尖《とが》りぎみになるのも、彼女の癖だった。

「そうかもしれないけど、でも、わたしは美也子に幸せになってほしかったのよ。おかしいかもしれないけど、わたしの分まで。あ、こんな言い方、やっぱり変だわね。でも、本当なの。もう、彼を愛していないから、きっぱりこう言えるのかもしれない。肇さん……あ、いえ、彼とうまくいってほしいと思っていたのよ」

わたしは、必死に言葉を探すことによって、昔の親友ぶろうとした。

びっくりしたように開かれた美也子の目が、いろいろな表情に変化した。潤んでいるせいと、店内の複雑な照明のせいだ。

「そう言ってもらえて、とっても嬉しいわ。果織」

ベソをかいたような顔をして、美也子はふたたびわたしの手をとった。

「カルチャー・スクールの友達にも、こんなこと話せなかったのよ。わかるでしょ？　みんな、結構、ハイクラスの主婦してるから、退屈してんのよ。人のうちの不幸が面白くってたまらないみたい。自分のうちの恥になるようなことは、絶対に喋《しゃべ》らないの」

話したくってたまらなかったのか、美也子は堰《せき》をきったように喋り出した。

「浮気って、どんな？」

「はっきりとはわからないのよ。でもね、妻のカンで、女がいる気配を感じたの。昼間、変な電話がかかってきたのが最初。一月《ひとつき》前だったかしら。『あなたのご主人、愛人がいます』ってね。女の声よ」

美也子は、肩を上下させながら続けた。

それによると、電話は全部で三度、かかってきたという。

いつもそれだけの内容で、愛人というのが具体的にどこの誰かは告げない。もちろん、かけた本人が名乗ることはないという。

「わたし、こう思うの」

確信したまなざしで、美也子が言った。

「電話をかけた本人が、あの人の愛人じゃないかって」

「えっ？　ってことは……」

「わたしとあの人との間に、波風を立てたいのよ。別れさせようっていう気なんだわ」

美也子の口調には、憎しみがこもっている。

「別れさせる……」

わたしはつぶやいた。わたし自身が考えていたことだったからだ。

「それで、彼に確かめてみたの？」

「電話のことは言ったわ。でも、まったく心当たりがないって。たぶん、嫌がらせだろうけど、会社の女の子の中にも思い当たる子がいないようなの」

「会社って……」

と、わたしが聞きかけたとき、いきなり美也子がテーブルに突っ伏した。

「わたし、どうしたらいいの」

と、腕の中で首を振る。そして、キッと顔を上げると、

「渡辺はね、肇はね……」

と、言いかけた。

美也子が「肇」と呼び捨てにしたことに、わたしは動揺した。昔、わたしは「肇さん」と呼んでいたのに……。

「どうしたの？」

「ううん、何でもないの。全部、わたしの思いすごしかもしれない。だけど、電話のことは事実なのよ。彼、あんなふうに否定したけど、外では何をしているかわからない。あの人、モテるから」

「そうね」

わたしは、全身がヒンヤリするのを覚えながらうなずいた。

――そう、渡辺肇はモテる男だ。ハンサムで男っぽくて仕事もできる。女と一緒にいて、飽きさせない話術も魅力だ。だから、わたしにも美也子にもモテた。

あのときの立場に、いま、美也子がいる。「愛人」とやらに、渡辺をとられそうに

なっている。

だが、わたしのときと違うのは、美也子が妻の座にいるということだ。

妻の座から落とすほうが、恋人の座から落とすより、落としがいがあるではないか。

わたしは、そんな意地悪なことを考えていた。

「昨夜もね、例の電話がきたの。今度はちょっと違うのよ。『次の月曜日、午後七時、ご主人は赤坂《あかさか》のNホテルで愛人に会う』。それで切れたの」

「それ、彼に話した？」

「ううん。怖くて話せない。失うのが怖いのよ。わたしから追い詰めていって失うのがね」

そう言った美也子は、渡辺に完全に心を奪われているように見えた。

――美也子の方が、渡辺を愛しすぎている。わたしが昔、そうだったように。

「で、美也子。確かめるの？」

そこまで聞けば、行って確かめたくもなる。

「ちょうど、実家の母が病気でね、帰らなくちゃいけないの」

美也子の実家は京都で、彼女は一人っ子のはずだ。

「もし、それがなくても、たぶん行かないと思うわ」

「どうして？」

「自分の目で知るのが、怖いからよ。もし、この目で見たら、わたし、自分を抑えられるかどうか。あの人をひきとめるつもりが、逆に離れてしまったら……」

美也子のどこにも、学生時代、わたしから渡辺を奪った奔放さは感じられなかった。

だが、わたしは美也子を許す気にはなれなかった。

「このままでいいと思って。……だって、彼、その……あっちの方は、いままでどおり愛してくれるし。その点は不審なところはないの」

言いにくそうに、美也子が続けた。

一呼吸おいて、わたしには美也子の言葉の意味が呑《の》みこめた。

ベッドでは変わりなく愛してくれる。そのことを言っているのだ。

（おめでたくないなんて言っときながら、のろけてくれるじゃないの）

わたしは頬がカアッと熱くなった。

「肇さんは、あの会社のまま？」

思わず昔の呼び方が出てしまった。

「え？　あ……うん」

わたしが会社を憶《おぼ》えていたことに、美也子は動揺したのだろう。間をおいてうなずいた。

渡辺肇は、赤坂のコンピューター会社に勤務していた。現在も同じだという。

「いま、どこに住んでるの？」

わたしは質問した。新婚家庭に呼んでね、というニュアンスがこもらないようにした。

「書くわ」

美也子は、講義用なのかノートを取り出し、隅に住所を書いた。

「世田谷区若林……ね」

わたしは、『プチモナーク５０３』と書かれたマンションの間取りを、美也子と渡辺との寝室を、二人の生活ぶりを想像した。

「電話は？　美也子」

「あ、電話番号はね、変えようと思っているところ、そしたら、嫌な電話もかかってこないでしょう。もし、それでもかかってきたら、彼が浮気相手に教えたってことですものね。変えたら、教えてあげるわ」

「え？　あ、別にいいのよ。こうして、たまに外で会えれば」

わたしは微笑《ほほえ》んで言った。

「わたしの電話番号は、これ」

美也子のノートに自分の電話番号を書いた。

「子供は？」

最後に、わたしは質問してみた。

「まだ……いないわ」

わたしは何となくホッとした。

「ねえ、また金曜日に会いましょうよ」

美也子は、すがるような目で、わたしに約束させた。

その夜、わたしはワープロで手紙を打った。

『奥さまへ、ご主人は浮気をしています』

胸のすく思いがした。それだけで十分だ、少なくともいまは。

わたしは手紙を破り捨てた。

＊

月曜日の午後六時半。

わたしは、赤坂のNホテルに行った。

なぜ、美也子ではなくわたしが確認に来てしまったのか……。

休暇中で、暇がありすぎるせいもあった。

主婦が暇だとはいちがいに言えないが、家の中にずっとこもっていると、夫に対して猜疑心《さいぎしん》が募るのはうなずける気がした。

渡辺がわたしの顔を憶えていないはずはない。わたしは用心のため、サングラスをかけ、大きめのスカーフで口元が隠れるようにして行った。

ロビーに渡辺肇の姿を見つけたのは、七時を数分過ぎたときだった。

三年半ぶりに見たときの感情は、憎しみよりなつかしさの方が強かった。だが、

「果織、ごめん。俺《おれ》、美也子さんの相談相手になっているうちに……」

と告白された日のことを思い出すと、ムラムラと憎しみがわいてきた。

渡辺にというより、やっぱり美也子に対してだ。

美也子がわたしに内緒で渡辺を呼び出し、年下の男につきまとわれていて手を焼いているという相談を持ちかけたのだった。

実際、美也子は、暴走族あがりの十九歳の子に慕われていた。

しかし、はたから見れば、美也子だって楽しんでいた。少しばかり、相手の男の子が夢中になりすぎたのだ。それは、美也子にとって計算違いだったといえるだろう。

当時の美也子は、小悪魔的な魅力があり、恋愛遊戯を楽しんでいるところがあった。

「大人の男」として、渡辺に恋人役になってくれと頼んだ美也子の中に、あわよくば、わたしから渡辺を奪おうという心積りがなかったとはいえない。なにしろ、少女時代の前例がある。

美也子から、「彼を奪ってゴメンナサイ」という言葉は、ついぞ聞かされていなか

った。もっとも、それを避けるように、わたしがパリに逃げ出してしまったのだが。もちろん、謝られてもどうなるわけでもなかった。むしろそうされたら余計、自分が哀れになっていただろう。

渡辺は、誰かと待ち合わせをしているようだ。腕時計をときどき気にしている。

やがて、二十二、三の女が風のように現われた。

素直に伸びた長い髪は、後ろでクリップでとめている。白っぽいスーツが、彼女を清純そうに見せていた。恥ずかしそうな微笑みを浮かべている。

二人は、目礼だけで、言葉は交わさない。その様子から、何度か会っている仲だとわたしは直感した。

といっても、女がなれなれしく腕を組むわけでもない。

上司がたまに部下である秘書に夕飯をごちそうする、そんな光景に見えなくもなかったが、人目を忍ぶ関係にある男女は、わざとそっけなく礼儀正しくふるまうものだ。

わたしは、二人がホテル内にあるレストランに入るのを見届けた。

今日はこれで十分だ。

食事を終えて出て来るのを待ち、どこかの部屋に入るのを確認しなくてもよかった。

それに、食事だけかもしれないのだ。

少なくとも、美也子にかかってきた電話情報の真偽は確認できた。

（かけてきたのは誰かしら）

さっきの若い女だろうか。それとも、別の女か。とすれば、渡辺にはこうして食事をする以外にも、複数の女がいるということだ。

――誰かが渡辺を恨んでいる？　妻である美也子に密告し、家庭を壊そうとしている？

＊

水曜日、美也子からの電話で、わたしは新宿の喫茶店に呼び出された。

「どうしたの？　話って何？」

青ざめた顔色の美也子に、わたしは聞いた。

「手紙がきたのよ」

「え？」

先日、悪戯《いたずら》でワープロの手紙を打ったばかりのわたしは、ドキリとした。

「見て」

と、震えがちの声で、美也子は手紙を差し出した。

「いいの？」

わたしは、何の変哲もない便せんに目を通した。

『貴方《あなた》の御主人は、月曜日、Nホテルで愛人に会っていたことを、御報告致します』

ワープロ文字で打たれている。

「いつきたの？」

「今日の午前中よ。速達で、封筒もワープロ文字。差出人の名前はないわ。宛名《あてな》は、『渡辺様』とだけ」

「どういうこと？　電話の女のしわざかしら」

わたしは首をかしげた。

——あの夜、この目で確かめたのはわたしだ。わたし以外に目撃していた者がいたというのか。渡辺が連れていた女の嫌がらせか、それとも別の女か。いや、女とは限らないかもしれない。でも、この種の嫌がらせをするのは女としか思えない。

「京都のお母さん、具合はどう？」

わたしは、手紙を握りしめている美也子に尋ねた。

「たいしたことはなかったわ。京都には叔母がいるから安心なの」

美也子は、ちょっぴり明るい表情になった。

「ねえ、封筒には、渡辺様ってあったんでしょ？　どうして『渡辺美也子様』じゃないのかしら」

わたしは気になって聞いてみた。

「渡辺が……主人が」

と言い直して、美也子が続けた。「もし彼が手紙を受け取ってもいいように、じゃないかしら」

「ってことは、美也子だけじゃなくって、彼にも恨みを持っているってこと?」

「あの人が何て言ったかわからないけど、妻と別れるつもりでいるとか、もうちょっと待ってくれとか、うまいことを言ったんじゃないかしら。彼、プレイボーイなところが……あるから」

渡辺を、あの人、主人、彼と言い分けて、伏し目がちに美也子が言った。さすがに、わたしに向かっては言いにくい言葉らしい。

「でも、彼、美也子に離婚の話を切り出しているわけじゃないんでしょう?」

「ええ。だから、あの人の煮え切らない態度にしびれをきらして、妻のわたしを攻撃してきたんだわ」

「確かめた? 一昨日の晩のこと」

美也子は、唇をかんでかぶりを振った。

「やっぱり、確かめるのが怖いってわけ?」

わたしの方だって、しびれをきらしている。美也子がもっと、渡辺を疑えばいい。愛人ってのに嫉妬《しっと》すればいい。

わたしは、目の下に隈《くま》のできた美也子の顔を見ながら、こう思った。

――ねえ、果織、わたしのかわりに彼に確かめてみて。

……そう頼まないのは、わたしに彼を奪い返されたくないからだわ。相談にのってもらうふりをして、わたしから彼を奪ったときみたいに……。

「わたし、一番怖いのは、彼に開き直られることなの。『そうだ、俺には愛人がいる。浮気のつもりが本気になった』。そう言われることなの。そして……」

「別れようって切り出されることなのね」

わたしは言った。

美也子は、森の小動物みたいに怯《おび》えている。彼女のそうした姿を見るのは、小気味よかったが、わたしはそれよりも、カッと頭に血が昇り、激怒した美也子の姿を見たかったのだ。

「だから、この手紙、彼には見せないわ。わたしは専業主婦だから、郵便物を受け取るのはわたしの役目だしね」

美也子は、手紙をバッグにしまった。

「ねえ、美也子。仕事するとか言ってなかった？」

「あ、あれね。そのつもりよ。家の中にばかりいると、ああでもないこうでもないって、面倒なことを考えすぎちゃうから。時間がありすぎるのね」

美也子が言った。
その夜、わたしはふたたびワープロに向かった。
『渡辺肇様
貴方と私の関係を、奥様はすでに気づいています。
知っていて黙っているのです。
私は奥様に会いました。
貴方と別れるように言われました。
いかにも御主人を愛している奥様、そんな感じでした。
貴方は私の気持ちを理解できないでしょう。
でも、私は、こうして手紙でしか告白しないことにしました。
貴方の顔を見ると、決心がぐらつくからです。』
わたしは手を止め、あとの文面を考えた。
美也子からあの手紙を見せてもらってよかった、と思っている。
万が一、この手紙が美也子の目にとまったとしても、わたしが疑われないように、
『貴方』とか『御主人』とか、あの手紙にあったとおりの文字を使った。
この手紙は、もちろん美也子に読ませるためのものではない。
渡辺肇にだ。ということは、彼の会社に出さなくてはならない。

わたしは彼の勤務先を知っている。

『貴方には黙っていましたが、私は妊娠しています。

次の機会に、奥様に打ち明けるつもりです。

貴方の出方次第です。』

最後に名前を書き添えたいが、愛人の名前などわかるわけはない。

この手紙が渡辺のもとに届いたら、どんな騒ぎが巻き起こるか。わたしは楽しみだった。

*

翌日、速達で手紙を投函《とうかん》した。

二日後、待ちきれなかったように、美也子から電話がかかってきた。

わたしは、自分のアパートに彼女を呼んだ。

「何かあったの？」

何かあってくれた方が面白い、そんなつもりでわたしは聞いた。

「彼の様子が変なの」

「どういうふうに？」

わたしはさりげないふりを装って、コーヒーをいれた。

「何だか、ソワソワしてるの。例の嫌がらせ電話、かかってこないかって聞くの。いいえって答えたら、そうかって。なぜそんなことを聞くのかしら」

「聞いてみた？」

「何でもないって」

美也子は、わからないといったふうに、大きく首を振った。

「ねえ、美也子。わたし、結婚してないからよくわからないけど。男が浮気しているときって、そういう態度を見せるんじゃない？」

実際、雑誌に書いてあったことを、わたしは無責任に言ってみた。

「そうかもしれない」

美也子は、よっぽど心配なのか、コーヒーにも口をつけなかった。

(もうひと押しだわ)

わたしは思った。

――まだ美也子は、わたしを全面的に頼ってはこない。相談相手は、わたししかいないっていうのに。

そうした美也子の意地っぱりなところが、わたしにはおかしかった。

その夜、わたしは新たにワープロの手紙を作った。

『奥様へ』

今度は、美也子宛てだ。

『私のお腹の中には赤ちゃんがいます。貴方の御主人の子です。』

これだけの文面で十分だろう。愛人の妊娠は男にとって最大の厄介ごと、妻にとっては最大の恐怖に違いないから。

普通の便せんに打ち出し、封筒も最もポピュラーなものを使った。

『世田谷区若林……プチモナーク５０３渡辺様』

美也子が書いてくれた住所を、間違えないように打ち、渡辺様とだけにした。

渡辺美也子様宛てにしても渡辺様宛てでも、彼女の話では郵便物を受け取るのは自分だとのことだから、いずれにしても同じだった。

この手紙も、翌日、速達で出した。

＊

それから休暇が終わるまで、美也子から連絡はなかった。

連絡がないということは、夫婦の間に何かあったということだ。

わたしは自分から様子を確かめようと思ったが、美也子から電話番号をまだ教えられていなかったのに気がついた。

手紙を出そうとも考えたが、変に勘ぐられるのも怖い気がした。美也子のカンがとりたてて鋭いとも思わなかったが、三年あまりの間に美也子がどう変わったか、わたしのわからない部分もあるだろうと思った。

そのうち、美也子から電話がくるだろう。

次の作戦は、またそのとき考えればよい。


休暇を終え、有楽町の会社に出勤する日の朝のことだった。

朝刊を開いたわたしの目に、その見出しが飛び込んできた。

『コンピューター会社社員妻を絞殺　三角関係のもつれか』

男の顔写真が出ている。

それを見て、わたしは心臓がほとんど止まりそうなほど驚いた。

渡辺肇の顔写真だった。

――ということは、美也子が……。ああ、なんてことなの。

わたしは心臓がさらに脈打つのを感じながら、記事を読み進めた。

『IFASの社員渡辺肇（二九）は、昨夜遅く、妻を殺したとS署に出頭してきた。渡辺の話によると、妻の澄子《すみこ》さん（三二）が自分の異性関係について問い詰めたので否定したところ、「証拠がある」といきなりつかみかかってきた。なだめようとしたがケンカになり、カッとなった渡辺は、妻の首を絞めて殺してしまった。渡辺は昨夜、出張から戻ったばかりで……』

「ええっ⁉」

わたしは思わず、新聞を落とした。

(妻の澄子さん？　澄子さんって誰なの？)

渡辺澄子、三十二歳の女。それが、渡辺の妻だというのか。

じゃあ、美也子は、渡辺美也子は何なの？　彼女の夫は、あの人——渡辺肇ではなかったのか。

わたしは、昔の恋人が殺人を犯したことより、美也子が嘘《うそ》をついていたことの方がショックだった。

(電話をしよう)

受話器を上げてから、電話番号を知らないことにふたたび気づいた。

そのとき、おかしいじゃないの、と思い当たった。

美也子は、電話番号を変えるといって、住所だけしか教えてくれなかった。あれは、故意にしたのではなかったのか。

電話だと声でわかってしまう。渡辺肇の声を、わたしはよく憶えている。耳元で、「好きだよ、果織」とささやいたあの声を……。

住所だ、あの住所。

世田谷区若林……プチモナーク503
あれも、渡辺肇と澄子という夫婦の住所であって、美也子のではなかったのだ。

あれだって、わざとしたのだ。そうとしか考えられない。

わたしは、電話番号案内で、「渡辺肇」の番号を調べてもらおうと思った。だが、すぐに、いまは取りこみ中に違いないと思いついた。

わたしが出した手紙を、渡辺は警察に見せているかもしれない。もちろん、手紙を出したからといって、殺人罪にはならないだろうが、殺意の発端になったのは確かだ。

良心がとがめ、次に美也子への怒りが新たに募って、胸が苦しくなった。


会社から帰ると、学生時代の知り合いに、手当たり次第電話をかけてみた。

昔の住所録を引っぱり出したのだ。

結婚や就職で、住所が変わっている者、留守の者、美也子とはとっくにつき合いのない者など五、六人に振られたあと、とうとう美也子の住所を聞き出すことができた。

電話番号もわかった。

目黒区中目黒とメモした紙を見ながら、わたしはその番号を指で押した。

本人が出たら、どんな声を出したらよいのか。とても冷静な口調では話せそうもなかった。

「はい、渡辺です」

男の声が応《こた》えて、わたしの気持ちははぐらかされた。

「あ、あの、わたし……」

「どちらさまですか？」

「そちら、渡辺さまのお宅ですよね？」

「はい、そうですが」

いぶかしげな声になる。

「ご主人さまは、渡辺守《まもる》さまですか？」

「え？　渡辺哲夫《てつお》ですけど」

何か新種のセールスだと思ったのだろう、男は不機嫌そうに答えた。

「あ……失礼しました。奥さまは？」

「出かけておりますが。何でしょう」

「いえ、ごめんください」

わたしはうわずった声のまま、受話器を置いた。

――渡辺哲夫、それが美也子の夫の名前だ。美也子はわたしに嘘をついた、だましたんだわ。

一体、何の目的で？

わたしは怒りと同時に、無気味なあまり恐怖さえ感じた。

＊

金曜日、わたしは美也子に会うため、カルチャー・スクールの入ったビルに出かけた。

何度か、昼間、美也子の家に電話をしてみたのだが、いつも留守番電話になっていた。わざと居留守を使っているのかもしれない。

会うしかない、と思ったのだ。

八時半、この前のように、美也子が教室から出て来た。

都合のいいことに、今日は、連れがいなくて一人だ。

「あら、果織」

驚いた様子もなく、美也子は手を上げた。

「美也子。あなたに話があって来たの」

「わざわざ悪いわね。電話してくれればよかったのに。あ、知らなかったかしら」

美也子は、悪びれたふりも見せない。

「電話したわよ。いなかったけどね」

わたしは、かわいた声で言った。

「あ……そう。ちょっとね、実家に帰っていたの」

「お母さん、悪いの？」

「え？ ううん。わたしの身の振り方を決めにね」

「えっ？」

「とにかく、このあいだのとこに行きましょう」

美也子はさっさと歩き出した。

頭を冴《さ》えた状態にしておくために、エスプレッソを頼んでから、わたしは切り出した。

「なぜ、あんな嘘をついたの？」

「え？ 何のこと？」

美也子はきゃしゃな顎《あご》に手を当て、首をかしげてみせた。ポーズに決まっている。

「とぼけないでよ」

わたしは、周囲に声が漏れないように、椅子を近づけた。

「それより、果織。肇さんのこと、読んだ？」

美也子が眉をひそめて聞いた。

「えっ、肇さんですって……」

わたしは呆《あ》っけにとられて、声を失った。

このあいだは、「主人」とか「あの人」「彼」なんて呼んでいたのに、いまは「肇さん」などとそらとぼけている。

「妻を絞殺、三角関係のもつれか、っていうあれでしょ？　新聞で読んだわよ」

わたしは深呼吸してから、一気にまくしたてた。

「美也子。あなたのご主人って、渡辺哲夫っていうんじゃないのよ。何が肇さんよ。たまたま同じ渡辺って人と結婚したんでしょう。彼が結婚したのは、澄子っていう年上の女じゃないの。あなた、知ってたのね。わたしが住所を聞いたときも、わざと肇さんの住所を教えた。そんなにわたしを意識してたわけ？　嘘をついてまで、渡辺肇の妻になったふりをしていたかったわけ？　ねえ、どうなのよ」

「あたし、渡辺肇の妻になったふりなんてしてたかしら」

目には不安な色を浮かべながらも、口調はシラッとして美也子は言い返した。

「まだ、とぼける気？」

「だって、わたし、主人とか彼とかあの人って言ったけど、肇さんなんて言わなかったわ。あ、渡辺とは呼んだかもしれないけど」

「あなたって、すごーくず太い神経してんのね。昔から変わらないわ」

思いっきり皮肉っぽく言ってやった。

「だって、本当なんだもの」

「嘘っ！　渡辺は……肇は……って言ったじゃないの。はっきり憶えてるわ」

「そっちこそ、すごーい記憶力ね」

美也子は首をすくめた。しばらく考え込んでいたが、

「あっ、そんなこと、言ったかもしれない。でもね、あれは、『渡辺は、は、は、はじめは優しかった』って言うつもりだったのよ、きっと」

「何ですって!?」

これは言い逃れだ、言い訳だ、と思ったが、相手にこう出られては言い返す言葉がない。

「じゃあ、なぜ肇さんの住所を教えたのよ」

わたしは矛先《ほこさき》を変えた。

「肇さんの住所？　ああ、あれね。だって、果織、肇さんの会社のことを聞いたあとで、住所を聞いたでしょう？　だから、てっきり肇さんのことだと思って」

「えっ……」

全身が火照《ほて》った。

これも言い訳だ。だが、理屈は通る。

美也子の目的はまだわからないが、彼女のしたたかさは次第にわかってきた。

わたしは、興奮を抑えるのがやっとだった。

「で、電話番号は教えなかったってわけ？　おかしいじゃないの」

「知らなかったのよ。それに、果織、『電話は？　美也子』って聞いたわ。わたしの記憶が正しければね。だから、うちのを教えようとしたけど、もうすぐ引っ越すかもしれないから、どうせなら新しいのを教えようと思って、ペンディングにしていたの」

「引っ越し？　そんなこと言ってなかったわ」

「わたし、離婚しようと思ってるのよ」

美也子の口ぶりが、はじめて重くなった。

「離婚？」

「あら、話したじゃない。主人が浮気しているらしいって」

「だって、あれは……」

渡辺肇のことじゃないの、と言おうとして、わたしはためらった。また、どう言い訳されるかわかったものじゃない。

「わたしたち、愛情が冷えきっているのよ。性格の不一致ってやつね」

「そんなの……。だって、美也子、彼を失うのが怖いって」

「そう、あのときはまだそう思っていた。だけど、それ、錯覚だったみたい。最後の悪あがきってやつね。ほら、離婚を考える前に、もう一度やり直せるかもって、淡い希望を抱くことってあるじゃない。それよ」

――嘘だ。わたしにはわかっている。

美也子は、わたしが、美也子と結婚したのが渡辺肇だと思い込んでいたのを利用したのだ。

わたしに手紙を書かせ、渡辺の家庭を壊すようにしむけ、彼の奥さんを殺す事態になるよう、うまく誘導した。

――バカな、そんなはずはない。そんなこと、できるはずがないもの。

「何、考え込んじゃってるの？」

美也子に肘を突かれて、わたしは我に返った。

「果織、肇さんがあんなことになって、悲しんでるの？」

「え？　別に」

「じゃあ、喜んでるの？」

「どういうことよ」

わたしはキッとなった。美也子が、どういう神経で口にしたのか。

「だって、復讐《ふくしゅう》できたんですものね」

美也子が微笑み、モスコミュールのグラスを手に取った。

「復讐？」

「そう。……わたしに心変わりして、捨てられたことの復讐」

「何言ってるのよ。わたしにそんなつもりは……」

憤りのあまり言葉を失った。

「そうキリキリしないで。わたしも同じなんだから。捨てられたのよ」

淡々と美也子が言った。

「捨てられた？」

そうか。美也子が彼と結婚しなかったということは、捨てられたということなのか。

「果織がパリに行って半年後だったかしら。彼の様子がだんだんおかしくなって。年上のホステスにまいっていたのよね」

「それが、澄子って女？」

「そう。三つ年上なのよ。わたし、君とは結婚できないって告白されたんだけど、そのときはっきりわかったの。彼って一見優しそうな男だけど、本当は甘ったれなだけなんだってね。年上の女にいいコ、いいコしてもらわなくちゃダメなのよ。結婚しても、妻に母親を求めるってタイプね。その上、女が一人じゃすまないから始末におえない。結婚しなくてよかったと思ったわ」

美也子は、胸のわだかまりを吐き出すような口調で言った。

「結婚しなくてよかったって思っているなら、なぜ復讐なんて?」

わたしは尋ねた。

少なくともわたしは、渡辺に復讐してやろうなどとは考えなかった。

「彼の子を妊娠して、堕《お》ろしたからよ」

「えっ?」

「彼には知らせなかったわ。別れを告げられちゃ、いまさら切り出してもしょうがないって感じだったしね。……でも、つらかった」

「そうなの」

わたしは、一時的に同情した。

けれど、すぐに、美也子と自分を一緒にくくられてはたまらないと思った。

「でもね、美也子。あなたがわたしをだましたことに、変わりはないのよ」

「…………」

「それで、人が一人、殺されたんだから」

「…………」

「あなたがあんな嘘をつかなかったら、もっと違う方法が。わたし、手紙なんて……」

言いかけて、わたしはハッとした。

「手紙？　言ってる意味がわからないわ」

美也子が顔をしかめた。

「手紙っていうのは、美也子が見せてくれたやつのことよ」

わたしはごまかそうとしたが、うまく繕《つくろ》えなかった。

「……もしかして、ワープロの手紙よこしたの、果織？」

美也子の眉が吊り上がった。

「違うわ。あれはわたしじゃない！　何言ってるのよ。あれは、わたしでなければ、美也子、あなたが自分で打ったものじゃないの。そうよ、偽装工作だわ。あたしが書いたのは……」

「ほら、ボロを出したじゃない。正直に言いなさいよ。さあ」

尋問口調で言って、美也子は腕をつかんだ。

わたしは黙っていた。言えるわけがない。

「さっきのニュース見た？　わたし、教室で見たんだけど。殺された肇さんの奥さんのとこに、差出人不明の手紙がきたんですって。それがケンカの発端だったみたい。あの奥さんってね、年上なことを気にして、すごくやきもちやきだったようよ。近所の評判だったらしいわ。手紙のこと、警察が調べているんですってよ」

美也子が腕をはなして続けた。

わたしの脳裏に、激しい口論のシーンが浮かんだ。

——眉を吊り上げ、青筋をたてて、出張から帰ったばかりの夫に手紙を突きつける妻。口では否定しても、思い当たる節があり、うろたえる夫。会社に送られてきた差出人不明の手紙。何人かの女の顔を思い浮かべては、打ち消そうとする……。

「まさか。わたしのせいじゃないわ。そんなのって……」

「ひっかかったわね」

と、美也子が愉快そうに笑った。

「警察が、そんな暇なことするわけないじゃない。殺したのは夫だって、はっきりしているんだから。三角関係のもつれ。それ以上、調べるわけないでしょう」

「また、だましたわね」

憤るのにも疲れてきた。わたしは何だか、安堵感《あんどかん》さえ抱き始めていた。

美也子が、自分の分身のようにふと感じたのだ。共犯者意識のようなものだろうか。

「愛人が名乗り出れば別だけど。誰も、果織が書いたものだなんて、わかりゃしないって」

わたしはもう、否定はしなかった。

「ねえ、美也子。どうして、肇さんの住所を知ってたの?」

「簡単よ。結婚したらわたしと暮らすはずのところだったんだもの」

なるほど、そういうわけか……。

「じゃあ、なぜ私生活にくわしかったの？　Nホテルでのデートの情報、どこで手に入れたの？」

それが不思議だった。

「Nホテルでのデート？　ああ、愛人と会うってやつね。あれは、わたしの主人のことじゃないの。わたしは知らないけど、彼、浮気相手に会ったんじゃないのかしら」

わたしは溜息《ためいき》をついた。ここまでとぼける姿勢を崩さないのも、見上げたものだと感心してしまう。

「偶然ってのは言い訳にならないかしら。いいわ、白状するわ。その情報は、カルチャー・スクールの仲間からよ。よその講座に、あの会社に勤めているOLがいるの。親睦会《しんぼくかい》のとき、たまたま知り合ってね。肇さんの噂《うわさ》なんか聞いたわけ。結婚しているけど、ちょっとカッコいい男の人がいるってね。お昼には、必ず女の子を誘ったり、人気者で、なかなか盛んだったらしいわ。肇さん、係長なのよね。渡辺係長にデートに誘われたって喜んでいた子がいるって、話してたの。その子、舞い上がっちゃったみたいで、隣りの課の彼女に話したのね。会う日と時間、場所もね」

「そういうことだったの」

わたしはふたたび、溜息をついた。

「わたしが様子を見に行くって、美也子、予想してた？」

わたしは、敗北を認めた上で聞いた。

「あら、行ったの？」

「想像はついてたでしょ？」

「果織の性格ならね。行くと思った。昔から果織、執念深いところがあるから。嫉妬深い、かな？」

「執念深い？　嫉妬深いですって？」

わたしは声を荒らげた。

「だって、そうじゃない。パリに逃げたのだって、自分の嫉妬心に向き合うのが怖かったから。違う？」

「違うわ。あれはね……。よすわ」

「あら、どうして？」

「わたしたちが話している対象、消えちゃったようなものだから」

そう、渡辺肇は、殺人を犯してしまった。二度と、以前のような関係には戻れないだろう。わたしも美也子も。

「わたしたち、結局、二人とも敗北者ね」

美也子が笑い、「恋愛の」とつけ加えた。

「ううん、違う。勝ったのかな」

と、言い直す。

わたしは、ジッと美也子の顔を見つめていた。小学校、中学校、大学生時代の彼女の顔とダブった。学生の頃に比べて、頬の肉がだいぶすっきりして、大人の女の顔になりきっている。

「ねえ、美也子。肇さんに愛人っていたのかしら。知ってる?」

わたしは聞いてみた。

「いたんじゃなあい? 奥さんにわからないようにコソコソとね。もしかして、奥さんも勘づいていたのかも。きっかけは手紙でも、ふだんくすぶっていたものがあったのよ、きっと」

グラスに昇る炭酸を観察しながら、美也子が言った。

「大丈夫よ、果織。わたし、手紙のこと、黙っているから。ねっ、大丈夫よ」

美也子がウィンクをする。

「え? あ、ああ」

わたしは、間の抜けた顔でうなずいた。

「やっといま、言えるわ。果織、ごめんね。渡辺肇さんをとっちゃって。もう、過去のことだけど。……あっさり敗北を認めたくなかったの」

美也子が、はにかんだような笑いを浮かべて言った。

「わかるわ。美也子、小学校のときから負けず嫌いだったものね」

わたしに負けず劣らず、と内心、わたしはつけ加えた。

「さっきの、やっぱり言い直すわ、もう一度」

美也子がグラスを上げた。乾杯のマネをする。

わたしもつられて、エスプレッソのカップを持ち上げる。

「肇さんの奥さんが死んだってことは、わたしたち、恋愛の勝利者ね。ね、果織」

わたしは曖昧《あいまい》に微笑んだ。

——これからも、わたしたちは恋のライバル。美也子の目がそう言っている気がした。

殺意が見える女

1

由美《ゆみ》がその喫茶店に入ろうと思いたったのは、『紫陽花《あじさい》』という店の名前に惹《ひ》かれたからかもしれなかった。赤紫や青紫の花びらが球状に集まった形の、この世でいちばん雨が似合う花。まるでわたしのようだ、と由美は思った。三度の引っ越しのたびに、雨に遭《あ》った。

しつこい秋雨が続いた十月初旬のある日、椎名《しいな》由美は松江《まつえ》から札幌に越して来た。由美の夫の道弘《みちひろ》は、池袋に本店のあるデパートの札幌支店に転勤になった。由美より二つ年上で三十七歳。二人が結婚したのは五年前。子供はいない。五年のあいだに、由美は三度の引っ越しを経験した。結婚後一年で、東京から名古屋へ。名古屋に二年いて、松江へ。松江にも二年いた。そして、次が、これから寒くなるという季節の北海道だった。

転勤の辞令が出てから引っ越しまで、三週間の猶予《ゆうよ》しかなかった。道弘は、「これもサラリーマンの宿命だからな。俺《おれ》たちには子供がいないから、会社も気楽に飛ばせるんだろう」と諦《あきら》めた顔で転勤を告げた。「三年後には本店に戻れると思うから」と、慰めのように続けたが、由美は夫の札幌勤務が三年以上になってもかまわなかった。

――わたしはただ、従うだけだから。

たとえ道弘が「北極に転勤になった」と告げようが、自分は黙ってついて行くだろうと由美は思う。

――愛があるから？

まさか……。結婚した瞬間から、「わたしたちの結婚はこういうもの」と由美自身が諦めてしまったのだ。披露宴のとき、由美の大学時代の友達の水島綾香《みずしまあやか》はこう言った。

「由美は幸せよ。道弘さん、失恋して傷ついたあなたの力になってくれたんでしょ？　愛するより愛されて結婚したほうが、考え方によっては幸せかもしれないわよ」

確かに由美は、高木和幸《たかぎかずゆき》に捨てられた傷が癒《い》えないうちに、道弘の強引なプロポーズに応じて結婚した。

――そう、あれは、強引だった……。

さらに、綾香の言葉を思い出す。

「夫婦になればひとまわりの年齢差も縮むように、愛情だって同程度になるものよ。いまは道弘さんのほうが圧倒的に由美を愛しているかもしれないけど、結婚すれば、道弘さんは由美のある面に幻滅を感じるだろうし、逆に由美は道弘さんの新たな魅力を発見するかもよ。そうやって愛情の釣り合いがとれていくものよ」

だが、現実は、そうはならなかった。少なくとも、五年を経た現時点では。この結婚は、最初から由美にとっては、〈逃避〉でしかなかったのだ。そこに、選択の余地はなかった……。

由美は、運ばれて来たコーヒーを、ブラックのままひとくち飲んで、過去を振り返った。コーヒーは異国の味がした。

——だって、ここは異国だもの。ううん、ここだけじゃない。どこへ行っても、わたしには異国だわ。

新しい地に来ると、すべて一から始めなくてはいけない。安くて品揃《しなぞろ》えのいいスーパー探し。取り引きのある銀行探し。センスのいいものを置いてあるブティック探し……。そして、こうやってひと息つける喫茶店を見つけるのも、引っ越しの荷物が片づいてからする仕事の一つだった。

そうやって見つけた喫茶店が、時計台の近くにあるこの『紫陽花』だった。

ゆったりしたテーブルの配置といい、紫を基調にしたインテリアの配色といい、由美の好みに合った。酸味をきかせたブレンドの味も悪くない。ただし、火曜日の昼下がりというのに、四人がけのテーブルのどれもが主婦らしき女性客たちでふさがっているのが残念だ。それで由美は、中央にある大きな楕円形《だえんけい》テーブルの一角に座っている。一人で来た客用に設置されたテーブルのようだ。楕円形テーブルには、由美のほかに由美より少し年下と思われる女性が一人座っているだけである。

由美は、コーヒーを味わいながら、壁にかけられた一枚の油絵を眺めた。花瓶に挿《さ》した一輪の紫陽花を描いたものだ。

――まるでわたしみたいだわ。

またそう思った。夫の転勤に従って全国どこへでも行く。東京から名古屋、名古屋から松江、松江から札幌。札幌の次はまた東京だろう。道弘は「それで最後だろう」と言うが、そんな保証はない。これからもあちこち飛ばされるに違いない。

しかし、由美はどこへ行っても、そこの環境に順応して生きる努力をする。あたかも水のごとく、器となるものの形に合わせて自分の形を変えるのだ。どこへ行っても、すぐに丸くなることを心がける。球状の紫陽花のようにだ。ときどき自分の姿を紫陽花のぎっしり詰まった花びらの一枚に重ね合わせてみる。彼女は、そうすると、ほんの少しだが気分が楽になる。

根無し草のような生活の上に、愛のない生活。結婚してしばらくは、由美は〈死〉さえも考えたものだ。りんごを切るために手にしたナイフを、左手首に当ててみたこともあった。

由美は、紫陽花の絵から視線を戻した。ふと、同じ楕円形テーブルの斜め右前に座った女性の手元に目がとまった。彼女は、広げて手にした一枚の紙をじっと見つめている。その食い入るような視線には、鬼気迫るものがあった。女の左手の薬指には、指輪がはまっていなかった。由美は、大人の女性を見るときに、その左薬指に結婚指輪があるかどうかをまず見るのが癖《くせ》になっていた。

文庫本でも読んでいるのなら、その真剣な目つきもわかるが、彼女が持っているのは、畳みじわが縦横についた一枚の紙切れである。由美は、自分もバッグから文庫本を取り出し、読むふりをしながら、ときどきその女を盗み見た。

——似ている。

由美は見るたびにそう思い、何度も息を呑《の》んだ。店内のほかの客たちは自分たちの話に夢中で、一人で来ている由美たちに目も向けない。

由美は、化粧室に行くために席を立った。トイレに行きたかったのではない。彼女が見つめている紙に強烈な好奇心をそそられたのだ。その女の背後を怪しまれないようにゆっくり通る。すばやく女の手元をのぞきこんだ。

背後に人の気配を感じたのか、女が紙を畳み始めてしまったので、じっくり見る時間はなかったが、左側の上のほうに印刷された「離婚届」という文字と、いくつかの文字はとっさに読み取った。

胸をどきどきさせて、洗面所に入る。鏡に映った自分を見て、〈わたしはいったい、何をしているのだろう〉と思った。名古屋でも松江でも、親しい友達はできなかった。いや、作ろうとしなかったのだ。たとえ仲のいい友達ができたとしても、いずれは別れなくてはいけない。それが虚《むな》しく感じられた。友達づき合いがうっとうしくも感じられた。子供のいない由美は、働こうと思えば働くことはできた。しかし、いつ夫が転勤になるかもしれない不安定な生活では、三十代半ばの主婦をまともに雇ってくれる会社はなかった。道弘も、由美が仕事をするのを嫌がった。

由美は、さっき見たばかりの文字を鏡の上に頭の中でなぞった。

女が持っていたのは、紛《まぎ》れもなく「離婚届」だった。そして、氏名の左欄に「斉《さい》藤《とう》」という二文字と、もう一方の欄の右端の一字「子」が見えた。離婚届の書式から考えれば、氏名の左側は男性、つまり夫、右側は女性、つまり妻である。名字が「斉藤」で、女性のほうの名前に「子」がつく男女の離婚届、ということになる。

喫茶店に一人で入り、離婚届の用紙を紙に穴が開かんばかりの鋭い視線で見つめる謎《なぞ》めいた女。

――なぜ、わたしは彼女に関心を持ったのだろう。離婚という二文字に惹かれたせいだろうか。いや、やっぱり似ているからだわ。

由美は深呼吸をして、化粧室を出た。あの女が席を立ち、椅子に掛けてあったモスグリーンのコートをはおるところだった。北海道は、当然ながら東京よりも、名古屋や松江よりもずっと寒い。十月の声を聞いたら、オーバーコートを用意するのが札幌の人たちの習慣だと聞いて、引っ越しの前にコートを準備しておいた。

彼女がレジを済ませたのを確認して由美も席を立つ。由美も、クリームイエローのコートを着て来た。それをはおって、レジに向かう。

由美は、モスグリーンのコートを見失わないようにしながら尾行を始めた。座っているときはわからなかったが、コートを着た彼女は由美に似て小柄だ。女は、足早にテレビ塔がそびえる大通公園のほうへと向かう。街路樹の前に、赤い幌をかぶせた観光用の馬車が見えた。女は歩調をゆるめずに、大通公園を突っ切る。噴水の前にいた鳩が数羽、彼女に蹴散《けち》らされたかのように驚いて、よく晴れた秋の空に向かって飛び立った。公園内には、とうもろこしを焼く香ばしい匂《にお》いが漂っている。

モスグリーンのコートは、通りを渡って地下道へと降りて行った。大通公園の地下のオーロラタウンである。ブティックや大型書店、飲食店などが並ぶ賑《にぎ》やかな地下街には、由美は引っ越した翌日、一人で訪れていた。そのときは何も買わなかった。女はしばらく歩き、一軒の店に入った。キッチン回りのものやコーヒーカップ、皿などを置いたおしゃれな雑貨屋のようだった。女はためらわずに、あるコーナーを目ざした。由美は、コーヒーカップが陳列された棚の陰に隠れ、彼女の様子を見ていた。

女は、包丁が入った細長い箱を手にした。手前には、ふたをとった状態の見本が置いてあるのだろう。手にした箱と見本の包丁を見比べながら、何か迷っている様子だ。唇が引き結ばれた横顔は蒼白《そうはく》で、何か思いつめたような表情である。彼女の頰《ほお》のあたりがぴくりと動いた。意を決したように彼女は小さくうなずき、その箱をレジへ持って行った。

——包丁を買ったんだわ。

由美は、胸の高鳴りが激しくなるのを感じた。

——似ている。

由美は、確信を強めた。

店を出たモスグリーンのコートの女を、由美はなおも尾行した。女はふたたび大通公園に入ると、ゴミ箱の前で足を止めた。バッグから一枚の紙を取り出し、細かくちぎってゴミ箱に捨てた。さっきの「離婚届」の用紙であろうと、由美には想像がついた。そして、女は走り出した。由美はハッとした。あとをつけていることに気づかれたのか、と思ったのだ。が、女は振り向かなかった。由美は少し躊躇《ちゅうちょ》したが、ゴミ箱をあさるより、そのまま女を尾行するほうが先だと考えた。

女は地下鉄に乗り、琴似《ことに》駅で降りた。彼女が入って行ったのは、駅から歩いて一分ほどの距離にある八階建てのマンションだった。モスグリーンのコートがエントランスに消え、ホールの端の集合ポストの一つをのぞくのを、ドアの外から由美はうかがっていた。女がエレベーターに乗り込んだのを見て、由美はホールに入った。女がのぞいた郵便ポストを見る。

『302　池谷《いけたに》』とあった。

――彼女の名字は、池谷というんだわ。

ちらりと盗み見た離婚届の用紙に、斉藤という名字が書かれていたのは憶《おぼ》えている。では、池谷という名字は、彼女の旧姓だろうか。違う、と由美は直感した。あの離婚届をあの女は、破り捨ててしまったのである。提出する予定の用紙ではなかったということである。

――記入したものの、気が変わって捨ててしまったのかしら。

しかし、女の左薬指に結婚指輪らしきものがはまっていなかったのは事実である。

もっとも、結婚指輪などは、結婚したら必ずはめなければいけないという義務はないし、夫婦関係が破綻《はたん》していたらはずす気になってもおかしくはない。「斉藤」と「池谷」は別居中で、「池谷」という妻のほうは、旧姓で一人で生活しているという可能性も考えられる。

でも、と由美は首を横に振った。あの「斉藤」という字と「子」という字は、彼女の目に狂いがなければ、同一人物による字だった。それも、女性が書いたような繊細《せんさい》な字に見えた。離婚届は、当事者それぞれの直筆で記入しなくてはいけない決まりがあるはずだ。由美は、視力に自信がある。両方とも裸眼で一・五だ。

――離婚届は、あの女が自分で書いて、自分で破り捨てたものだわ。つまり……。

いよいよ似ている、と由美は思った。札幌で由美は、目の離せない女を見つけたのだった。

2

今日、わたしは包丁を買った。

包丁を買っただけならどうということはないが、これがキャベツを千切りにしたり、じゃがいもを乱切りにしたり、お豆腐をさいの目に切ったりする目的のために買われたのではない、と他人にわかったらどうなるだろう。

そう、わたしは人を殺すために買ったのだ。

包丁なら、家に種類の違うものが三本ある。だが、しばらく研いでいないから切れが悪い。買った包丁は、いずれ「凶器」と呼ばれることになるだろう。凶器を現場に残してはならない。それは鉄則だ。しかし、たとえ人を殺す目的で購入した包丁でも、それが外部に知られなければいいのだ。わたしにとって特別な意味を持つ包丁であっても、他人にとってただの包丁でありさえすれば。

ある人を殺そうと思う。思うだけなら罪にはならない。誰もがそう思っている。罪になるのは、殺すことを実行に移したときだと。けれども、わたしは知っている。実行に移さなくても罪になるということを。人を殺すために包丁を買い、殺害方法などを書いたメモと一緒に自宅に置いておき、それを誰かが発見して通報したら、それは「殺人予備罪」という立派な犯罪になる。

だとすれば、わたしがしていることも「殺人予備罪」になるのだ。なると知りながら、わたしはこうして日記を書いている。誰かに見られたらどうするのか。危険をおかしてまでなぜ書くのか。それは、書く必要があるからだ。書くことで、自分のぼんやりしていた殺意がじわじわと輪郭《りんかく》を露《あらわ》にしてきたのは確かである。書くことで、自分の殺意が本物だと確かめられた。そして、緻密《ちみつ》な計画は、頭の中だけではできない。人間は記憶しにくく、忘れやすい動物である。

もちろん、実行直前にはこの日記を処分するつもりだ。この部屋にある凶器も、もちろん発見されない場所に捨てる。わたしに動機があることで、またアリバイがあやふやなことで容疑者の一人にされても、物証がなければ警察もわたしを犯人と決めつけることはできないだろう。いや、たとえ逮捕されても……そのときはそのときでいい。覚悟はできている。あの男がこの世からいなくなればいい。あの男に復讐《ふくしゅう》したい。その願いさえ叶《かな》えられれば。

わたしを裏切った男。ベッドの中で一緒に将来の夢を語り合ったくせに、条件のいい女が目の前に現われ、その女に愛されていると知ると、「やっぱり結婚って一生の問題だからさ」と、女が口にするようなセリフをためらいもせずに吐いて、あっさりとわたしを捨てた男。あいつさえこの世から消えてくれればいいのだから。

二人の名前を離婚届の用紙に書いて、破り捨ててやった。その一瞬だけは気持ちがすっとしたが、すぐに自分の愚かしさに自己嫌悪に陥った。そんなことをしても、うっぷん晴らしになるはずがないのだ。

捕まっても仕方ない。そう言いながらも……心のどこかで完全犯罪をのぞんでいるわたし。捕まりたくないと思っているわたしがいる。今日、包丁を買うとき、誰かにつけられているような気がした。店に入ったとき、わたしが振り返った瞬間、足を止めた女がいたように思ったのだ。ここに戻って来たときもそうだった。でも、あとで部屋の窓からカーテン越しに下をのぞいたけれど、誰の姿もなかった。

やっぱり気のせいだろう。わたしは神経質になっている。当然かもしれない。人を殺す計画を立てている最中なのだから。実行まではあと少し。

3

シンクにたまった大量の皿を洗いながら、由美は三日前に見たあの女のことが気になって仕方なかった。一昨日も昨日も、何度、「池谷」の住むマンションの前まで行ってみようと思ったかしれない。だが、夫あてに届く予定の荷物を待っていなくてはいけなかったので、家から一歩も出られなかった。おまけに今日は、夫が勝手に計画したホームパーティーだった。けさ道弘はいきなり、「今日、新しい部署の仲間が十人ほどうちに来るんだ。手料理でもてなしてくれないか。よろしく頼むよ」と由美に告げた。言い方はやさしかったが、その声には「夫の頼みを断わるはずがないよな」という脅しの響きがあった。由美は、午前中からその準備に追われていたのだった。

道弘は飲み疲れて、リビングルームの隣りの和室で寝てしまっている。後片づけを手伝う気など少しもないらしい。由美も、手伝ってと頼むつもりもなかった。頼んだら道弘は手伝ってくれるかもしれない。だが、由美の中の〈負い目〉が言い出しにくくさせている。道弘は、由美が自分との結婚を決意するに至った事情をすべて知っている。高木和幸に捨てられ、傷ついた由美を拾ってくれた。由美にしてみれば、好きでもない道弘と「結婚してやった」のだが、道弘のほうは自分が「結婚によって救済してやった」という意識でいるのだろう。そして、形の上では、やはりこの結婚は、由美が道弘に「結婚してもらった」のである……。

道弘が、うーんと苦しそうにうなった。由美はため息を一つついて、和室へ行った。大の字になって道弘が寝ている。飲みすぎて喉《のど》が渇く夢でも見ているのだろう。眉間《みけん》にしわを寄せ、口を呆《ほう》けたように開けている。

顎《あご》の筋肉がたるみ、下腹部が醜くせり出てきた夫を見て、由美は虚しさと憎しみと、同じだけの焦りと諦めを募らせた。

――このまま、こんな男と一緒に年をとりたくない。わたしが子供を産めるリミットは近づいている。

子供でもできれば気が紛れるだろう、と由美は考えたこともあった。好きでもない男でも、父親になった姿を見れば、新たに愛情が湧《わ》くかもしれないと、淡い希望を抱いたものだ。だが、二年前に受けた検査の結果、由美には問題はなかったが、道弘の精子が異常に少ないことが判明した。道弘は、「二人で人生を楽しもう。あちこち転勤するのも君のためになるよ。旅をしているような気分で、いい気晴らしになる。俺の人生には、君さえいればいいんだから。君は、昔から俺のあこがれの人だった。君が高木とつき合うずっと前からね」と言った。そう語る彼の表情は楽しそうだった。

彼の口からは、「子供を持てない身体《からだ》ですまない」のひとことともなかった。由美にはわかっていた。道弘は、ちっともすまないなどと思っていないのだ。

――この男のほうに〈負い目〉はない。

由美は、大の字になった道弘を見下ろし、ふとさっきまで台所で使っていた包丁を思い浮かべた。あれで、この脂肪をたっぷりつけた腹をぶすりと刺したらどうなるだろう。風船のようにパンとあっけなく弾けてしまうだろうか。

由美は、やってみたい衝動に駆られた。そして、そう望んでいる自分に気づき、苦笑した。その想像は、あの女が買った包丁と結びついた。

――だめよ。あの包丁で人を殺してはいけない。あなたの計画を実行してはいけない。

「由美」

道弘が夢の中で妻の名を呼び、むにゃむにゃとつぶやいて、ごろりと横を向いた。

4

デパートは土、日が稼ぎどきである。道弘が土曜日に休みをとれることは稀《まれ》だ。そのほうが由美には都合がよかった。翌日、由美はふたたび『紫陽花』に行った。店内は、先日ほど混んではいなかった。四人がけのテーブル席に座り、ブレンドコーヒーを頼み、紫陽花の絵を眺めながら過ごした。「池谷」は現われなかった。由美の目には、「池谷」がこの店の常連のように映ったのだが、だからといってそう毎日彼女が現われるはずもない。

――マンションへ行ったほうがいいのだろうか。

だが、彼女――「池谷」の部屋を訪れて、何と言えばいいのか、由美にはわからなかった。「あなた、このあいだ包丁を買いましたね。あれで誰かを殺そうとしているんでしょう?」などといきなり突きつけたら、彼女は驚愕《きょうがく》すると同時に警戒するだろう。「池谷」が誰かを殺そうとしていると断定するだけの自信が、由美にはなかった。由美の〈直感〉がそう告げているだけで、決定的な根拠はない。もう少し彼女の周辺を調べてみたかった。

――やっぱり、マンションに行ってみよう。

由美は店を出て、大通公園へと歩いた。土曜日のせいか、観光客の姿が先日より目についた。今日もいい天気だ。だが、北海道特有の身体の芯《しん》までしみるように冷えた空気は、冬がすぐそこまで迫っているのを告げている。寒さに弱い由美は、今日は厚手のグレーのハーフコートを着ている。

とうもろこしを焼く出店の前には、行列ができていた。その行列を何げなく眺めていた由美は、プラタナスの並木の向こうを見憶えのあるモスグリーンのコートが通るのを見た。ハッとして、公園の外に出、あとを追う。後ろ姿は、「池谷」の背格好に酷似している。交差点を青信号で渡る女の横顔が見えたとき、由美は彼女が「池谷」だと確信した。今日はサングラスをかけているが、サングラスからのぞく蒼白な顔色と、唇を嚙《か》み締めるようにしている表情から、彼女だとわかった。

「池谷」は駅前通りを北上し、札幌Gホテルが見えてきたあたりで、不意に立ち止まった。慎重に距離を置いて尾行していたつもりの由美は、焦って思わず後ろ向きになった。しばらくして振り返ったとき、「池谷」の姿は消えていた。由美は慌てて、彼女が立っていたあたりまで駆けて行き、周囲を見回した。彼女の姿はない。ふと思いついて、Gホテルのロビーに入った。「池谷」の目的はここかもしれない、と直感したのだ。

――ますます似ている。

由美は、心臓の鼓動が強く、早くなるのを感じながら、「池谷」の姿を目で捜した。地下へ続くゆるやかな螺旋状《らせんじょう》の階段を、モスグリーンのコートが降りて行くのが目に入った。彼女だ。由美は、彼女のあとを追ったが、「池谷」の姿が女性用の化粧室のほうに消えたのを見て、階段の途中で足を止めた。

地下は宴会フロアになっているらしい。広々としたホールに面して、いくつか宴会場のドアが並んでいる。ホールにはきらびやかなシャンデリアが下がり、右手の奥のほうにあるガラスケースには、銀皿や銀製の一輪挿《ざ》しやコーヒーカップのペアセットなどが陳列されている。その隣りには、レースをふんだんに使った純白のウエディングドレスが飾ってある。ガラスケースの手前のカウンターに、二人の男女が背中を向けて座り、女性係員がにこやかな笑顔で二人に応対している。

由美は、そこが何をするところか瞬時に悟った。ガラスケースの中は、結婚披露宴の引き出物のサンプルなのだ。カウンターにいる二人から化粧室へと視線を移すと、モスグリーンのコートの裾《すそ》の一部が目に入った。ここの化粧室も、よくあるホテルの化粧室のようにドアを隠すための仕切り壁がある造りだ。由美が立っている位置からは、直接ドアは見えない。だが、「池谷」のコートの裾が見えるということは、彼女が化粧室を出てカウンターの二人の様子をうかがっているということだ。

結婚を間近に控えた男女。その様子をうかがうサングラスをかけた一人の女。

「似ているわ」

由美はつぶやいた。いま止めなければ、と思った。が、身体が硬直して動かない。

似てはいるが、同じだという確信は残念ながらまだない。由美は迷った。迷っているあいだに、あそこから包丁を持った女が飛び出して、カウンターにいる二人を……と想像すると、恐ろしさに背筋が寒くなり、膝から下が震えた。

次の瞬間、モスグリーンのコートが化粧室の陰から飛び出した。まっすぐ由美のいる階段のほうへ向かって来た。とっさに由美は階段を降り始めた。立ち止まって様子を見ていたと悟られまいとしたのだ。「池谷」は由美のほうへ顔を振り向けもせずに、階段を駆け上がって行った。カウンターの二人は、ちらともこちらを振り返らなかった。由美は、そのまま化粧室に入った。

心臓の鼓動が激しい。鏡に映った由美の顔もまた蒼白に近かった。しばらくそこにいて、化粧室を出る。あの二人の男女が仲睦まじそうに手を組みながら帰るところだった。階段を昇りかけたのを、「あの、斉藤様」とカウンターで応対していた女性係員が呼んだ。二人の男女は同時に振り返る。男女とも、顔が小さく手足の長い、現代風の顔つきと身体つきだった。

「お忘れものです」

女性係員は、パンフレットのようなものを差し出した。二人の男女は顔を見合わせた。女のほうがちょっとはにかんで、男の肘《ひじ》を突いた。「斉藤」と呼ばれた男が、カウンターに戻り、忘れ物を受け取る。

――斉藤……。

「池谷」が持っていた離婚届に記入されていた名字だ。

由美は、二人の姿が消えてから、カウンターに向かった。女性係員に尋ねる。

「あの、さっきこちらにいた男性、斉藤さんじゃありません？　声をかけようと思ったんですけど、間違えたら失礼だと思って。主人の古い知り合いなんですが、わたしも記憶に自信がなくて。もしかして、結婚なさるんですか？　だったら、何か贈り物でもしなければと思ったんです」

贈り物と聞いて、五十代くらいの女性係員は、表情を和らげた。

「はい、斉藤様でございます。このたび、わたくしがお二人の結婚披露宴の担当をさせていただくことになったんです」

「披露宴はいつでしょうか。できればそのときに合わせてお花でもお贈りしたいんですが」

「十一月一日、大安吉日でございます。披露宴は午後五時からです。今日は、最終確認にいらしたんですよ」

「あの……奥様になられる方のお名前は？　お花に名前を入れたら喜ばれるかなと思って」

「奈々子《ななこ》さんとおっしゃいます。奈良の奈と書きます」

由美は、礼を言ってその場を去った。

――奈々子。

子がつく名前だ。「池谷」があの離婚届を自分で書いたとしたら、書いた男の名前は「斉藤××」、女の名前は「斉藤奈々子」ではないか、と由美は推理した。二人はまだ結婚式を挙げていないが、二人が結婚したと想定して離婚届を書き、破り捨てる女性心理が、由美には理解できた。

由美の推理は、次のように発展した。――「池谷」は、「斉藤」とつき合っていた。彼女は結婚を考えていた。相手の男もそのつもりだろうと考えていた。だが、「斉藤」の前に新しい女「奈々子」が現われて、自分に注がれていた愛情を「奈々子」に奪われてしまった。「斉藤」と「奈々子」は婚約した。「池谷」は、幸せそうな二人を見て、自分を捨てた「斉藤」に対する憎しみを募らせた。腹いせに二人の名前を書いた離婚届を破り捨てても、憎しみは消えない。ついに「池谷」は、自分を裏切った「斉藤」を殺すために包丁を購入した。殺害計画を遂行するために、ホテルの下見をするなど準備を始めた……。

由美の中で、それは推理にとどまらなくなった。ロビーに上がったが、二人の男女の姿も、「池谷」の姿も消えていた。

5

今日、ホテルの下見をした。

あいつの結婚披露宴まであと五日。

披露宴会場は、『朝霧の間』だ。二人が、お色直しのためにあの化粧室の前を通ることを確認した。まずは新婦が通り、しばらくして新郎が通る。一人で通ることはありえないだろうから、当日、新郎も新婦も一人になるチャンスを狙《ねら》うのは、まず無理である。あいつが控え室で一人になったところを狙おう、と考えたのは甘かった。

計画は変更だ。

あいつがお色直しのために係員に付き添われて出て来たら、そっと化粧室を出る。髪型を変え、サングラスをかけていれば、すぐにはわたしと気づかれないだろう。幸せの絶頂にいるあいつは、まさかもうじき災難が自分の身に降りかかるかもしれないなどと、想像だにしないだろう。焦らずゆっくり近づいて、一気にとどめを刺せばいい。包丁は何かに隠し持って行くのだ。そうだ、花束の後ろがいいだろう。

披露宴はめちゃめちゃになる。わたしはおそらく捕まるだろう。それでもいい。あの男さえ殺すことができれば。

今日も、誰かにつけられている気がしてならなかった。女なのは確かだと思う。横断歩道を渡ったとき、ふっとショーウインドウに目をやったら、背後にコートを着た女の姿が映った。このあいだちらりと見た女に似ていると思った。だが、気のせいかもしれないとも思い直した。コートの色が記憶していた色と違ったからだ。

やっぱり神経質になりすぎている。自分の考えていることが自分以外の誰かにわかるはずがないのに、まわりの誰かに心の中を見透かされている気がしてならないのだ。こうして日記に書き記しているせいだろうか。

この日記は、四日後に処分しよう。シンクの中で燃やし、灰にするのだ。日記は灰になっても、わたしの殺意は絶対に灰にはならない。

6

由美は、化粧室へ入って行く「池谷」の後ろ姿を追った。由美自身も今日は、薄く色のついた眼鏡《めがね》をかけている。コートも、この冬はじめて着た黒いロングコートである。

化粧室に入ると、手前のドレッサールームでフォーマルドレス姿の女性が三人、おしゃべりをしていた。「池谷」の姿はない。奥の個室の一つがふさがっている。由美は、その中に「池谷」が隠れているのだと思った。「池谷」は「斉藤」が、お色直しのために新婦の「奈々子」より一足遅れて宴会場から出て来るところを狙うつもりなのだろう。「池谷」は会場の下見をし、披露宴の進行をすべて把握《はあく》しているはずだと由美は考えた。

ドレッサールームにいた女性たちが出て行った。化粧室内は静かになった。奥の個室のドアが開き、白い手袋をはめ、大きな花束を抱えた「池谷」が現われたのを、由美は鏡の中にとらえた。「池谷」もサングラスをしている。鏡の中で二人の視線が合った。「池谷」は一瞬、ハッとしたようだったが、咳払《せきばら》いを一つすると、由美の後ろを通り過ぎた。化粧室に誰がいようと、この計画を実行することに決めていたような真剣な顔つきだ。

「池谷」が胸に抱えているのは、ピンク色のリボンをつけた深紅のバラの花束である。三十本はあるだろうか。由美は、化粧室のダウンライトに照らされて、大きく結わえたリボンの後ろに隠し持った包丁の切っ先がきらりと輝くのを見た。

——似ている。

由美は息を呑んだ。

「池谷」がドアのほうへ向かう。ドアに手をかけたとき、由美は「やめなさい」と声をかけた。「池谷」の背中がびくっとなった。彼女は振り向く。頰のあたりが強張《こわば》っている。

「やめなさい」

由美はもう一度言った。「あなたの一生が台なしになるわ」

「だ、誰よ、あなた」

「池谷」が、うわずった声で聞いた。

それには答えずに、由美は大きくかぶりを振った。「あなたを止めたいの。あなたを殺人者にしたくないの。だって、あなたはとてもよく似ているんですもの」

「に、似ている？　誰に？　何のこと？」

サングラスの奥の「池谷」の目に、驚愕と恐怖の色が宿った。彼女は怯《おび》えたような表情のまま、ドレッサールームへと後退した。

「あなた、その花束の後ろに包丁を隠し持っているでしょ？　わかってるのよ。あなたを裏切った男を刺し殺すためね？　あなたがいつその包丁を買ったのかも、わたしは知ってるわ」

うそ、うそ、というふうに「池谷」は、小刻みにかぶりを振り続ける。

「まだ若いじゃないの、あなた。池谷さんでしょ？　早まったまねをしないで。お願い」

「あいつは、わたしを裏切ったのよ」

震えてはいたが、はっきりと「池谷」は言った。「東京へ行って、二人でフランス料理のレストランを持とう。そんな夢を語り合ったくせに、あの女が現われたら、わたしとの約束なんてきれいさっぱり忘れて、あの女と……。小樽《おたる》に大きなレストランを持っている経営者の娘よ。わたしとゼロから築き上げるのが面倒になったんですって。逆玉の輿《こし》に乗ったほうが楽だってわけよ。ひどい男でしょ？　そんな男、死んで当然よ。あなた、誰だか知らないけど、わたしを止めても無駄よ」

「黙って見過ごせないのよ。だって、あなたは……とてもよく似ているから」

由美は、「池谷」が抱えた花束を取り上げようと手を伸ばした。彼女が手にした包丁を叩《たた》き落とそうとしたのだ。

「池谷」がよろめいた。サングラスがずれた。その目に、強烈な殺意の炎が燃えているのを由美は見た。思わずひるんだ。

「わたしはどうしても、あの男を殺したいの。これ以上邪魔をするなら、あなたを殺すわ」

そう言って「池谷」は、白い手袋をはめた手に握った包丁を突き出した。

7

どうしよう。

名前も知らない女を、わたしは刺し殺してしまった。あの女がいけないのだ、わたしの邪魔をするから。

化粧室を出たわたしは、夢中で階段を駆け上がり、ホテルから逃げ出した。

予想外のことが起きたことでわたしは気が動転し、当初の目的が何であったかをすっかり忘れてしまった。化粧室には、わたしとあの女以外に誰もいなかった。一刻も早く逃げ出さなくては、と気が急《せ》いたのだ。

それにしても、あの女はいったい誰なのだろう。わたしが包丁を買ったのを見たと言った。やっぱり、最近、誰か女につけられているような気がしたのは、気のせいではなかったのだ。見たところ、三十代前半か半ばくらいの女性だった。

あの女は、「あなたは、とてもよく似ているから」と言った。いったい、誰に、何に似ていると言いたかったのだろう。

女の目の奥に潜んでいた、得体の知れない狂気。あれは何だろう。何かに取り憑《つ》かれたような表情だった。それがわたしを怯えさせた。あいつに向かうはずの殺意が、目の前にいて、わたしを阻止しようとした彼女にすべて向かってしまった。

あの瞬間、わたしは彼女を恐れ、憎んだ。

殺すつもりのなかった人を殺してしまった。

ああ、もうおしまいだ。どうすればいいのだろう。

8

わたしが殺した女のことが、ニュースで流れた。名前を聞いても、やっぱりわたしの知らない女だった。三十五歳の主婦だという。

驚いたことに、警察は「自殺と他殺の両面で捜査を進めている」という。どういうことなのだろう。もう一つ驚いたことは、誰もわたしに注目しなかったらしいということだ。ホテル内で花束を抱えた女を見ても、空気のように見えてしまうものらしい。

9

忌《い》まわしいあの日から五週間がたった。わたしの周辺は、何事もなく過ぎた。

あれは夢ではなかったか。すべて夢の中で起きたこと。わたしはそんなふうに思い込もうとしている。すべて忘れてしまえば、なかったことにできる。そんな気がしてならない。

いままで自分がこんな強運の持ち主だとは知らなかった。

結局、あの主婦の死は、自殺で片づけられた。引っ越した直後で、新しい環境になじめず、ノイローゼぎみになっていたという。過去に精神科への通院歴があり、自殺未遂をしたこともあるらしい。ホテルという華やかな場を死に場所に選んだのだろう、と彼女の夫は語っているという。

わたしが買った包丁も、彼女が自殺に使うために自分で買ったとされている。なんと包丁を売った店の主人が、「買いに来たのはこの女性でした」と証言したようだ。わたしにとっては、なんという幸運だろう。背格好がわたしに似ていたのだろうか。

驚異的な強運の持ち主。それが自分だとわかった瞬間から、わたしは立ち直った。あの男に燃やしていた殺意など、かけらもなくなった。

殺してしまった彼女には悪いが、一から出直そうと考えている。わたしはわたしの人生をやり直すのだ。

10

今日、不気味な電話がかかってきた。

押し殺したような男の声が、「ぼくは、君の心の中が読めるんだよ」と言った。わたしは怖くなって、すぐに切ってしまった。ただのいたずら電話だろうか。

11

二日間電話がなかったので安心していたら、今朝またかかってきた。

「そんなにあの男を憎んでいたの？」

男のその言葉を聞いてしまったら、すぐには電話を切れなかった。

「あなた、誰？」

「殺したかったんだろ？」

「何のこと？」

「とぼけなくてもいいよ」

「…………」

「日記を読んだんだ」

男は言った。わたしの身体は凍りついた。日記を読んだということは、すなわち……。だが、あの日記はもう燃やしたはずではないか。

「君の部屋に入ったことがある」

誰だろう。わたしはとっさに思いめぐらせた。誰か男を部屋に連れ込んだことがあっただろうか。彼以外に。

すると、男はこう言った。「君の部屋に勝手に入り込んだのさ。何も盗まなかった。触ったのは、あの日記帳だけ」

「読んだから……どうしたっていうの？」

わたしは、弱みを見せまいと毅然《きぜん》とした口調を心がけた。が、震えは隠せなかった。

「あそこに書いてあったのは、殺人予備罪に当たることばかりだね。ある男を殺そうと計画して、凶器の包丁を買い、ホテルの下見をした……」

「でも、わたしは殺さなかったわ」

言ってから、しまったと思った。ある男を殺すための計画を立てていたことを認めたも同然である。

「そうだね」

男は笑った。「だけど、違う人を殺してしまった。君の計画を阻止しようとした女の人を。女の人が死んでいたのは、あのホテルだ。君が計画した日じゃないか」

「見てたの？」

「さあ」

「あなただって疑われるわよ。わたしの部屋に無断で入ったのなら、あなたも犯罪者よ。あなたの目的は何なの？」

「ぼくが君の日記のことを警察に言ったらどうなるかな。文面は憶えている」

「わたしを脅迫する気？　日記は燃やしたわ。証拠がないのに警察がわたしを疑うわけがない。あの女は、自殺したことになっているのよ」

「日記のすべてのページを、写真に撮ってあるんだけど」

　男は、遠慮がちに言った。わたしは絶句した。

「君にはアリバイがない。もし警察が、あの女性の死と結婚披露宴とを結びつけて、君を疑ったら……」

「どうするつもり？」

「ぼくが君と一緒にいたことにしてあげてもいいよ」

「………」

「君のことは、前から好きだった。遠くからいつも眺めていた。君の心があいつにあるとわかっていても、諦めきれなかった。高木は、ぼくの大学の後輩だよ。高木が君を捨てて、ほかの女と婚約したときは嬉《うれ》しかったけど、まだ君の前に姿を現わす勇気はなかった。それに君は、ひどく傷ついているように見えたから。傷が癒える時間を作ってあげるのが大切だと思った。だけど、君のことがかたときも忘れられないぼくは、君のすべてを知りたいと思って、とうとう君の部屋に侵入してしまった。ベランダの鍵《かぎ》を一度だけ君はかけ忘れたんだよ。そこから侵入した。日記を読んで驚いたよ。君が殺したいほど高木を愛していたと知って、ショックだった。あいつが死んだら、君があいつに向けた愛情は美化され、崇高《すうこう》なものになってしまう気がしたからね。だけどよかったよ。君は高木を殺さずに、無関係な女性を殺した。このあいだ、週刊誌で読んだけど、殺されたあの主婦って、精神的にちょっとおかしかったみたいだね。それで、人権を考慮して、あまりくわしく報道されなかったんだろう。君くらいの年齢の女性を見ると、誰でも自分の死んだ妹に見えてしまったらしい。交通事故で死んだ妹にね。実際、君は彼女——柳田千鶴《やなぎだちづる》といったっけ？——彼女の死んだ妹にとてもよく似ていたんだろうね。柳田千鶴は、事故の原因が運転していた自分にあると思い込み、罪の意識にさいなまれていたというよ」

「わたしは、どうすればいいの？」

「ぼくと結婚してくれ。いま言ったすべてを一生黙っている。誓うよ。ぼくは君を幸せにできる。デパートに勤めるまじめなサラリーマンだしね」

男は、電話でわたしにプロポーズした。

12

札幌に三年いて、由美は東京に戻って来た。夫の道弘が、本店に転勤になったからだ。

越して来て一週間目に、近所を散歩中、偶然、『紫陽花』という名前の喫茶店を見つけた。由美は、吸い込まれるようにその喫茶店に入った。壁紙が薄茶色で、ソファも赤紫色の落ち着いた雰囲気の店だった。壁に紫陽花の絵は飾られていなかった。奥のテーブルに座り、コーヒーを頼むと、由美はバッグから一通の手紙を取り出した。


拝啓　札幌には先日、初雪が降りました。由美さん、いかがお過ごしですか？

ご主人が東京に転勤になられる少し前に、札幌市内で由美さんに偶然再会できてとても嬉しかったです。転居先をうかがっておいたので、こうしてはじめておたよりします。

一度、ちゃんとお礼を申し上げたかったのです。

由美さんのおかげで、わたしは殺人者になるのを免《まぬが》れました。あのとき由美さんが、「あなたは、昔のわたしにすごくよく似ているの。あなたを見ているとまるで昔のわたしを見ているみたい。どうしても他人とは思えないの」と、必死になってわたしを説得してくれたので、わたしは思いとどまることができました。くわしくは聞きませんでしたが、由美さんも自分を裏切った男を殺そうと思いつめたことがあったとか。わたしを最初に見た瞬間、わたしの視線に潜んだ殺意を見抜いたんですね。由美さんも、わたしのように「偽装離婚届」を書く趣味があったんですか？　今度ぜひ、由美さんの過去の恋愛を聞かせてください。

　でも、いまは幸せな結婚をなさっているんでしょう？

　もう少しで、あんな男のために一生を棒に振るところでした。わたしを救ってくれたこのご恩は、一生忘れません。いつか必ず由美さんに恩返しをするつもりです。

　わたしはいま、ソムリエの資格を取るためにワインの勉強をしています。都内に小さなフランス料理のレストランを持てればいいんですけど、資金が足りなくて。女一人の力には限界がありますね。でも、いつかは必ず夢を叶《かな》えてみせます。

　本当にありがとうございました。近いうちにお会いしましょう。

敬具

「女一人の力には限界がある……か」

　由美は、小さくひとりごちた。そのとおりよ、池谷弥生《やよい》さん、と内心で呼びかける。

　――でも、二人なら……。

　由美は、昨夜、酔いつぶれて帰宅した道弘の無様《ぶざま》な姿を思い出した。「こんなに飲まないで」と玄関に迎え出た由美に、道弘は声を荒らげた。

「うるさい！　文句を言うな。誰のおかげで安心して暮らしていられると思ってるんだ。俺がひとこと口を滑らせたら、おまえなんて……」

——そろそろ、あの男の口を封じたほうが安全かもしれない。

由美はそう思った。もともと好きでもないのに結婚してやった男だ。プロポーズの言葉は〈脅迫〉だった。夫の都合であちこち連れ回される生活には、もう我慢できない。疲れ果てた。まるで逃亡生活だ。

——そう、わたしの時効に向けての〈逃亡生活〉は、〈脅迫者〉の夫がいる限り、一日たりとも心が休まるときはないのだ。

由美の脳裏で、計画が進む。道弘にかけてある生命保険は一億円だ。みえっぱりな道弘に甘えて入らせた保険である。それだけあれば、小さなレストランを開店する資金になるだろう。店を出せなくても、女二人で何かしらの事業はできる。

——弥生さん、あなたの恩返しは……わかるわね。一人では無理でも、二人でやれば必ず成功するわ。夫を事故死に見せかけて殺すには、あなたの協力がぜひとも必要なの。わたしが自分のアリバイを確保するためにね。わたしとあなたの結びつきに、いまの時点で気づいている者は誰もいないわ。

由美は、札幌の『紫陽花』で飲んだコーヒーと似た味のコーヒーを味わいながら、じっくり計画を練り始めた。

解説

杉江松恋

読者として新津きよみを信頼している。

正確を期すために言葉を補えば、読めば絶対に不安な気持ちにさせてくれる書き手であると、信頼を寄せている。新津作品を読むと必ず、崖の突端に立たされているような気持ちになるのだ。それがどんな街中の出来事でも、どんな平和な家庭の物語であっても。

たとえば本書の収録作「殺意が見える女」（初出：「問題小説」一九九七年十一月号）をご覧いただきたい。この短篇は、主人公が喫茶店に入り、一人の女性が離婚届を食い入るような目つきで見ているのに気づく場面から始まる。これだけでも印象深いのだが、章が替わるといきなり「今日、わたしは包丁を買った」という文章が目に入る。穏やかではない。まったく穏やかではない。さらにその包丁は「キャベツを千切りにしたり、じゃがいもを乱切りにしたり、お豆腐をさいの目に切ったりする目的のために買われたのではな」くて「人を殺すために買ったのだ」と告白されるのだ。

もう、いきなり崖の上状態である。このように新津は、あっという間に読者を危険極まりない場所へと連れだしてしまう。

デビュー作が一九八八年の『両面テープのお嬢さん』（角川スニーカー文庫）だから、すでに三十年以上も書き続けていることになる。主人公が人生の岐路に立たされることが共通する『二年半待て』（二〇一七年。徳間文庫）のように、最近では共通の主題を設けた連作短篇集も多く発表している。「二年半待て」という題名は松本清張の「一年半待て」（新潮文庫『張込み』所収）を意識したものではないかと思うのだが、有名な先行作をそのままなぞるのではなく、結末まで読み終えたときに初めて作者の趣向がわかる、というようなひねりがこの短篇にはあった。こういう、料理で言うところの最後の一手間みたいな技巧も新津の信頼にたる所以《ゆえん》なのである。

ちょっと脱線するが、二〇一八年に雑誌発表されたミステリー短篇の中で私がベストだと考えるのは、新津が「読楽」七月号に書いた「見知らぬ乗客」であった。「見知らぬ乗客」というのはパトリシア・ハイスミスが一九五〇年に発表したデビュー長篇の題名で（現・河出文庫）、列車の中で初めて出会った二人の乗客が、それぞれ標的を替えての交換殺人を計画する、という内容である。新津の「見知らぬ乗客」は舞台が上《のぼ》りの中央本線特急、隣り合った座席で話し出す女性の一人がハイスミスのこの長篇を読んでいる、という出だしから本歌取りであることは明白だ。さてはそういう犯罪小説か、と思いながら読んでいると、話はまったくの予想外な方向へとずれていく。「二年半待て」とは逆のやり方で読者を唸《うな》らせる短篇なのだった。こんなのおもしろくないわけがないではないか。

慌ただしく本題に戻る。本書の冒頭に収録された表題作をご覧いただきたい。「夫が邪魔」（初出：「ミステリマガジン」一九九七年七月号）は書簡体小説で、小説家の朝倉夕子に、片山京子という女性からファンレターが寄せられてくることから始まる。片山は朝倉作品のみならず、彼女の住まいの熱烈なファンでもあるのだといい、ぜひ住み込みの家政婦として雇ってもらえないか、と請うてくるのである。いささか非常識な話だと思うが、それに対して作家がどういう出方をするのか、というのが読者にとっては最初の関心事になっている。

この解説を書くために、私も本篇を十年ぶりぐらいに再読した。すると、読んでいる最中に何かが頭にちらつくのである。二〇一八年に読んだばかりの「見知らぬ乗客」の残像だ。前面に進行中の出来事として示される話があり、そちらに気を取られていると背景でいつの間にか始まっていた真の物語のほうをすっかり見落としてしまう。そういう目くらましの技術が二〇一八年の「見知らぬ乗客」と一九九七年発表の「夫が邪魔」で同じように使われているではないか。だから過去の作品を読んでも古びたところがないのか、と感じ入った。新津きよみは、ごく初期から現在と変わらぬ短篇の名手だったのである。

すっかり遅くなったが本書は、作者の第一短篇集『殺意が見える女』を『夫が邪魔』と改題して再刊するもので、収録作・収録順のいずれも変更はない。元版の奥付を見ると一九九八年十月十五日初版とあるので、実に二十年ぶりのお色直しとなるのだが、時代背景や風俗にこそ変化はあるものの、前述したように物語の本質部分には現在の新作と比して劣《おと》る部分はまったくない。

たとえば「永遠に恋敵《ライバル》」（初出：「小説コットン」一九八九年六月号）は、〈わたし〉こと主人公の果織が、学生時代の友人である美也子と三年ぶりに再会する場面から始まる。幼なじみの二人は何かにつけて張り合った関係でもあった。三年間会わなかったのは、果織が美也子に恋人を奪われてしまったからである。この再会が思わぬ事件を巻き起こすことになる、というのが話の展開だが、同性同士の意識のしあい、男性にはわからない共感といった主題の部分は、二十年経《た》ってもまったく風化していないし、むしろ訴えの切実さは現在の読者にこそ強く伝わるのではないか。

字数の都合もあって七つの収録作すべてについて詳述する余裕はないが、これまでに挙げた以外の短篇についても簡単に触れておきたい。「左手の記憶」（初出：「小説王」一九九五年三月号）は作家小説であり、出版芸術社の〈ふしぎ文学館〉で新津の作品集が編まれた際は、表題作に採られている。この作者にしては珍しい、男性主人公の一篇である。

「マタニティ・メニュー」（初出：「小説NON」一九九二年八月号）と「二十五時の箱」（初出：「婦人公論」一九八八年臨時増刊号）の二作は妊娠という人生の一大事を取り上げた内容である。中心にあるものは一緒だが、並べて読むと登場人物が心情を露《あら》わにする形が異なるなど、相違点が明らかになって興味深い。この二篇に共通するのは過剰な思い込みなのだが、もう一作「捕えられた声」（初出：「婦人公論」一九九〇年臨時増刊号）を並べると、作品の特徴が見えてくる。犯罪などの非日常的な行為に人間が踏み切る瞬間を、新津が非常に重視する作家だということである。極論すれば、すべてが動機の小説だと言うことさえできるかもしれない。「捕えられた声」の主人公は非常に突飛な行動に出るが、それをしなければならない理由は読者にとって決して遠いものではない。

新津は「短篇の締め切りが迫ると頭の中に自然と一つの言葉――完成した小説をたぐり寄せるための重要な語句という意味で「キーワード」と呼んでいる――が浮かぶようになった」「一つの風景や光景からストーリーが生まれやすいのも、わたしの小説の作り方の特徴かもしれない」と書いている（角川ホラー文庫『指先の戦慄』あとがき。二〇一〇年）。そのままでは漠然として輪郭も見えないものを、なんらかの手がかりをつかって具現化する。その技術が新津作品の中核にあるものだろう。その際、人間にとって最も根源的な感情、不安であったり動物的な恐怖といったりしたものが、登場人物の特殊な行動や、目を引く小道具といったものによって際立たせられ、小説内に引き寄せられていく。

近年の新津は、『意地悪な食卓』（二〇一三年。角川ホラー文庫）に始まる三冊の「女と食」短篇集を出したのをきっかけに、主題を統一した連作集を意欲的に発表している。長篇ではなく、そうした形式を意図的に選んでいるのだ。「もともとわたしは、目の前に十人の人間がいたら、十通りの人生のミステリアスな一場面を切り取って、その揺れる人間心理を物語に編み込みたい、と思うタイプの作家です」（角川ホラー文庫『シェアメイト』。二〇一八年）と自ら書くように、新津は本質的な短篇作家なのかもしれない。短篇好きには嬉しい限りである。願わくは一つでも多くの物語を。そして不安と愉楽を読者に。

二〇一九年五月

本書は１９９８年10月徳間文庫として刊行された『殺意が見える女』を改題しました。なお、本作品はフィクションであり実在の個人・団体などとは一切関係がありません。

徳間文庫

夫《おっと》が邪魔《じゃま》

2019年6月15日 初刷
2024年1月31日 3刷

著者 新津《にいつ》きよみ
発行者 小宮英行
発行所 株式会社徳間書店
東京都品川区上大崎三-一-一
目黒セントラルスクエア 〒141-8202
電話 編集〇三(五四〇三)四三四九
販売〇四九(二九三)五五二一
振替 〇〇一四〇-〇-四四三九二
印刷
製本 大日本印刷株式会社

ISBN978-4-19-894475-9 (乱丁、落丁本はお取りかえいたします)